ひみつの
相関図ノート

休み時間、
にぎやかな教室に
ひとりでいるのがつらくて、
図書室へと向かった。

思ったとおり、だれもいない。
ホッとして席につこうとしたとき、
窓際《まどぎわ》に一冊《さつ》のノートが
置いてあるのに気がついた。
表紙に黒猫《くろねこ》のイラストが描《か》いてある。
「忘《わす》れ物《もの》かな？」
手にとろうとしたら、風が吹きこんで、
ぱらぱらとページがめくれた。
「えっ、これ……」

中には、いろんな相関図と物語が書かれている。
この人とこの人は、こういう関係……、
この関係にひみつがあるの!?

見てはいけないと思うのに、
目が離《はな》せない。
夢中《むちゅう》になってページをめくっていたら。

　みゃあ

うしろで猫《ねこ》の声がした。

ふりかえると、カウンターの上で、
目の色が左右でちがう黒猫《くろねこ》が、
じっとわたしを見つめていた。

この本には、人間関係をテーマにした
八編《へん》のお話が収録《しゅうろく》されています。
”表《おもて》“相関図と、
お話を読むとわかる”裏《うら》“相関図。
物語にかくされた「ひみつ」に、
あなたは気づくことができるでしょうか？

ナイショの関係!?

初《はつ》恋《こい》は前《ぜん》途《と》多《た》難《なん》!?

望《もち》月《づき》麻《ま》衣《い》

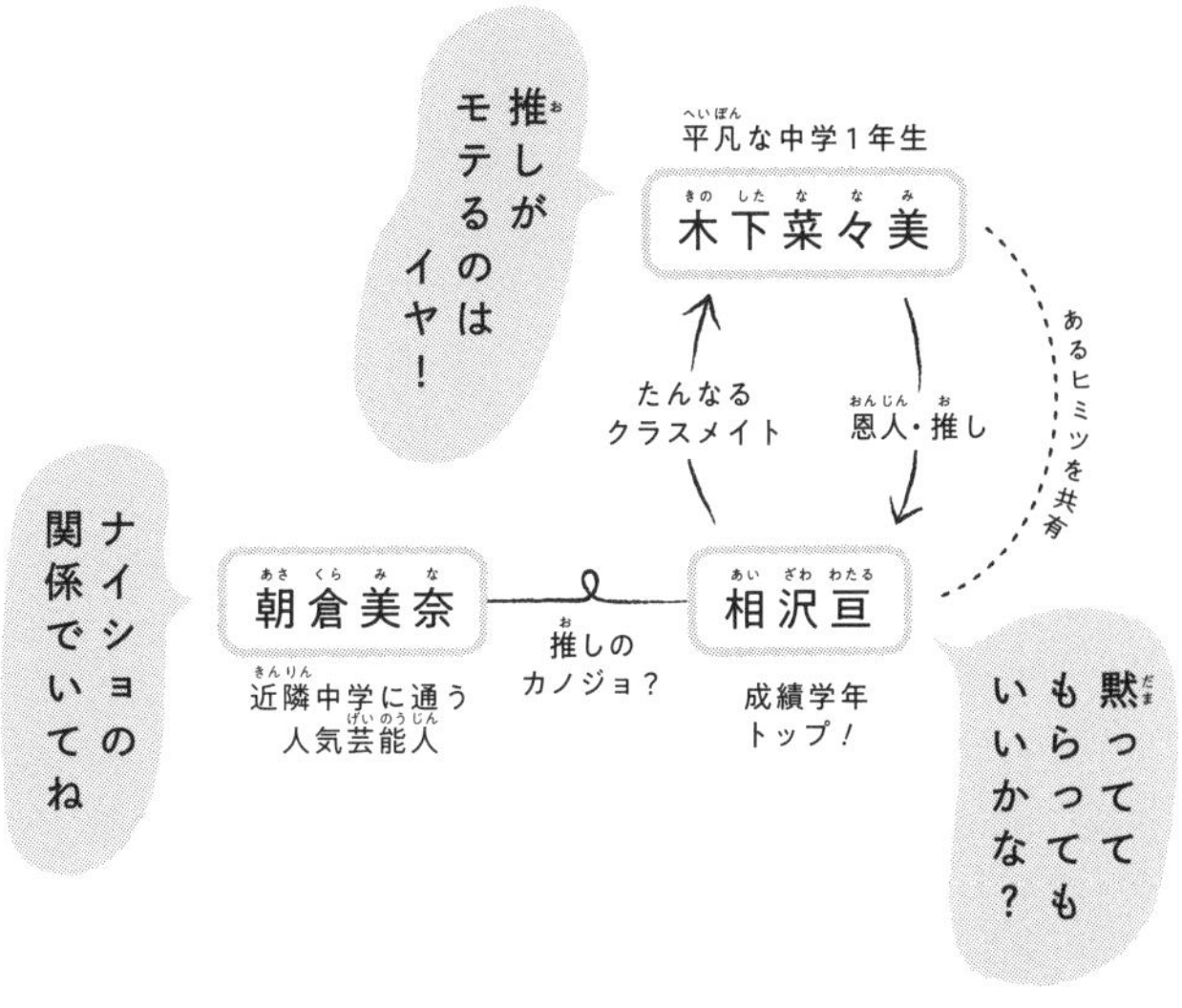

中学に入学したばかりの春は、みんな新しい学校生活になれるのに一生懸命《けんめい》という感じだった。

話題も「どこ小出身？」「何部に入る？」という感じだったのに、ゴールデンウィークがあけたころには、「ねぇ、好きな人できた？」「○○が△△に告《こく》ったんだって」なんて、恋《こい》に関することがふえた気がする。

夏に向けて、うかれているのだろうか？

とはいえ、私《わたし》も人のことはいえない。

私《わたし》――木下菜々美《きのしたななみ》は、ちらっと左どなりを横目で見る。

めがねをかけた真面目《まじめ》そうな男子・相沢亘《あいざわわたる》君が黙々《もくもく》と国語辞典を読んでいた。

しかも一冊《さつ》ではなく、ちがう種類の国語辞典を二冊《さつ》開いた状態《じょうたい》で並《なら》べている。

「ね、相沢《あいざわ》君、国語辞典って二冊《さつ》も必要？」

「うん」

「国語辞典っておもしろい？」

「おもしろいよ。たとえば、『時間』とか『右』とか『左』とか、説明しにくい

単語を辞典がどう説明しているのか確認《かくにん》するのとか。出版社《しゅっぱんしゃ》によって説明もちがっているし、自分の考えとてらしあわせてみるのもおもしろい」

私《わたし》は、へぇ、と相づちをうつ。

興味《きょうみ》なさそうな反応《はんのう》をしてしまっているけれど、心の中はそうじゃなかった。

相沢《あいざわ》君、やっぱり、すごい。神にえらばれし天才じゃん？

なんて、ひそかにもだえながらも、顔にはでないよう気をつけている。

はずかしながら、私《わたし》は勉強が得意《とくい》じゃない。

対して相沢《あいざわ》君は学年一位の成績《せいせき》をほこる秀才《しゅうさい》（私《わたし》は天才だと思っている）だ。

相沢《あいざわ》君は『がり勉』タイプに見えるけれど、実はそうじゃない。どんなことにも、興味《きょうみ》と好奇心《こうきしん》をいだいていて、それが成績《せいせき》にもつながっているのだ。

だからなのか、自分が学年一位でもいばったりしていないし、私《わたし》のような勉強が苦手な子のことも見下したりしない。

勉強の質問《しつもん》をしたらていねいに答えてくれる。

そういうところがすごいと思うし、素敵《すてき》というか、なんていうか。その、単純《たんじゅん》に大好きだ。

「相沢《あいざわ》君、小学校のころからすごかったよね……」

私《わたし》と相沢《あいざわ》君は、同じ小学校出身ではなかったけれど、塾《じゅく》がいっしょだった。

私《わたし》が、相沢《あいざわ》君と同じとなり町にある塾《じゅく》に入ったのは、小五のとき。

どんどん算数のテストの点数が悪くなっていくのを見て、両親があわてた。

『算数はそのつど克服《こくふく》していかないと。となり町の塾《じゅく》は評判《ひょうばん》がいいからそこに行こう』

算数が苦手になったのは、分数の割《わ》り算からだ。

なぜ、分母と分子をひっくり返すのか、理解《りかい》ができず、気がつくと私《わたし》の算数の成績《せいせき》が壊滅的《かいめつてき》になっていた。

わざわざとなり町の塾《じゅく》まで通うのは、面倒《めんどう》くさかったけれど、そこで私《わたし》は相沢《あいざわ》君にであったのだ。

当時の相沢《あいざわ》君は、今と同じようにめがねをかけていた。

今とちがうのは私《わたし》よりも背《せ》が低くて、小柄《こがら》だったこと。

『どうしてひっくり返すわけ？　わけわかんない』

私《わたし》がぶつぶついっていると、たまたまとなりにいた相沢《あいざわ》君が、ぷっと笑ったのだ。

聞かれたことがはずかしくて、私《わたし》は思わず相沢《あいざわ》君をにらんだ。

すると彼《かれ》は、ごめん、とほほえんでいった。

『そうだよね。納得《なっとく》していないのに、とにかくやれっていわれても頭に入ってこないよね』

すぐに私《わたし》の気持ちを理解《りかい》してくれたのがうれしかった。

『実は、分数の割《わ》り算ってひっくり返す前にやることがいくつかあるんだよ。でも、それらをはしょっているから、いきなり感がでるんだと思う』

そういって相沢《あいざわ》君は図に描《か》きつつ、なぜ分子と分母をひっくり返すのかをわかりやすく説明してくれた。

その相沢《あいざわ》君の言葉が私《わたし》の胸《むね》にスッと届《とど》いた。

それがきっかけで算数の成績《せいせき》も持ち直し、成績《せいせき》は下《げ》の中《ちゅう》から、中《ちゅう》の中《ちゅう》まで上がったのだ。

『ありがとう、相沢《あいざわ》君は恩人《おんじん》だよ!』

心からお礼をいうと相沢《あいざわ》君は『別に』と顔をそむけて、めがねの位置を直していた。

無表情《むひょうじょう》だったけれど、相沢《あいざわ》君の耳は真っ赤だった。

その姿《すがた》を見て、私《わたし》は、相沢《あいざわ》君に恋《こい》してしまったのだ。

相沢《あいざわ》君は、絶対《ぜったい》に近隣《きんりん》の有名私立《しりつ》中学校に進学すると思っていたのだけど、なぜか私《わたし》と同じ、公立の中学に入学した。

さらに奇跡《きせき》的《てき》に同じクラスになって、本当にうれしかった。

「ねぇ、相沢《あいざわ》君って、どうして私立《しりつ》に進学しなかったの?」

「勉強なんて、どこでだって同じようにできるしね。今年は特にあの学校、さわがしいしさ」

相沢《あいざわ》君が『さわがしい』といったのには、理由がある。

「みなぽんだよね。今年は倍率《ばいりつ》すごかったみたいだね」

みなぽんとは、子役俳優《はいゆう》でずっと人気の芸能人《げいのうじん》・朝倉美奈《あさくらみな》のことだ。

みなぽんが近くの私立《しりつ》中学を受験するというニュースが流れたのは、私《わたし》たちが小学六年生の夏ごろ。それを知るなり近隣《きんりん》の小学生たちが『同じ学校に入学したい』と遅《おそ》めの受験対策《たいさく》にのりだした。

そのせいで、今年の倍率《ばいりつ》が大変なことになっていたという。

ついでにいうと、今やその私学《しがく》、私《わたし》たちの間では、『みなぽん学校』と呼《よ》ばれている。

「相沢《あいざわ》君だったら、どんな倍率《ばいりつ》でもトップで入学できたんだろうねぇ」

彼《かれ》は、さぁ、と返すだけだ。

相沢《あいざわ》君は基本的《きほんてき》に無口で無表情《むひょうじょう》。話しかけないかぎり、自分のほうから話したりしない。

だけど、本当は勉強の教え方がとてもうまい。

それに聞き上手で、私《わたし》の話を黙《だま》って聞いてくれる。

そんな相沢《あいざわ》君の素敵《すてき》なところは、私《わたし》しか知らないだろうと思っていた。

塾《じゅく》内でも『がり勉君』なんてささやかれていて、ちっともモテてなかったのだ。

それなのに……、ここ最近、様子が変わってきている。

相沢《あいざわ》君が、ひそかにモテてきているのだ。

要因《よういん》は、二つ考えられる。

中学入学後、最初のテストで、相沢《あいざわ》君が学年一位だったこと。

相沢《あいざわ》君の背《せ》が急にのびてきたこと。気がつくと、私《わたし》の身長をこしていたのだ。


「推《お》しがカッコ良くなってうれしいけど、モテるのは嫌《いや》!」

お昼休み。私《わたし》は、友だちと机《つくえ》でしゃべりながら、こぶしをにぎりしめた。

ちなみにこの『推《お》し』とは、私《わたし》たちの隠語《いんご》だ。

他の人に聞かれても大丈夫《だいじょうぶ》なように、好きな人のことを『推《お》し』というようにしている。

「たしかに、菜々美《ななみ》の『推《お》し』、人気急上昇《きゅうじょうしょう》って感じだよね」

と、相づちをうちながらそういったのは、水原愛衣《みずはらあい》。

ショートカットでめがねをかけていて、相沢君《あいざわくん》ほどじゃないけれど、成績優秀《せいせきゆうしゅう》だ。

でしょう？　と私《わたし》は鼻息荒《あら》く応《こた》える。

「少し前まで、だれも見向きもしてなかったのに、急にカッコ良くなってきたからって」

「っていうか、見た目よりも学年トップのインパクトが強い気がするけど」

そう続けたのは、中山秋穂《なかやまあきほ》。

先生に怒《おこ》られない程度《ていど》に制服《せいふく》を着くずしていて、少し派手《はで》に見えるけれど、根は真面目《まじめ》。

私《わたし》たちは、小学校時代からいっしょ。幼《おさな》なじみのようなものだ。

「どっちでもいいけど、どうしよう、『推《お》し』が世間に見つかってしまった……」

私《わたし》が深刻《しんこく》になっていると、あのさ、と秋穂《あきほ》が口を開く。

「いいにくくて黙《だま》ってたんだけど、こういう話題になった以上、いってもいい？」

どうぞ、と私《わたし》は息をのんだ。

「あんたの『推《お》し』、もうカノジョいるんじゃないかな」

「はっ、どうして、そう思うの？」

「図書館の近くでカノジョらしき子と歩いてるの見たんだよね」

「えっ、どこのクラス？」

「うちの学校じゃなくて、みなぽん学校の子。遠目だったから制服《せいふく》しかわからなかったけど」

「ネクタイの色は？」

「青だったと思う」

みなぽん学校の制服《せいふく》は、ネクタイの色で学年がわかるようになっている。

一年生が青、二年が黄色、三年が赤。みなぽん学校を受験して落ちた子たちは、やっかみからか『なんだよ、あのリボン、信号機かよ』といっていた。受験していないけれど、実は私《わたし》も、信号機だな、と思っている。それはさておき。

「歩いてただけでしょう？　相沢《あいざわ》君、ああ見えて親切だから道案内してたんじゃないかな」

「ええと、菜々美《ななみ》、名前だしちゃってるよ」

「でも、腕組《うでく》んでたよ」

「う、腕《うで》。たぶん、その子、足をくじいちゃって助けたんじゃないかな。ああ見えて……」

「菜々美《ななみ》、現実逃避《げんじつとうひ》するなよ」

秋穂《あきほ》にぴしゃりといわれて、私《わたし》はおし黙《だま》る。

相沢《あいざわ》君にカノジョがいて、腕《うで》を組んで歩いていたなんて。

ずん、と落ちこんでいると、

「ま、でも。見間違《みまちが》いかもしれないし。思えば、腕組《うでく》んで歩くようなキャラじゃないしね」

と、秋穂《あきほ》がばつが悪そうにいった。

「……そうだね」

秋穂《あきほ》のいう通り、相沢《あいざわ》君が（たとえカノジョだとしても）だれかと腕《うで》を組んで歩くなんて、想像《そうぞう》がつかない。

それでも落ちこみを引きずったまま授業《じゅぎょう》を終えて、私《わたし》は学校をでた。
一人、家に向かってとぼとぼ歩きながら、頭の中は相沢君《あいざわ》のことでいっぱいだ。
本当のところはどうなんだろう？
相沢《あいざわ》君にはカノジョがいるのだろうか？
そんな思考が、ぐるぐるとうずまいている。
「あー、もう、嫌《いや》になる」
延々《えんえん》とループする思考をはらうように頭を横にふっているとき。
にゃあん……と、どこからか、か細い声が聞こえてきた。
顔を上げると公園の木の枝《えだ》の上に、猫《ねこ》がいた。
左目がブルー、右目がグリーンのオッドアイの黒猫《くろねこ》だ。
登ったものの降《お》りられなくなったのか、情《なさ》けない声をだしている。
さらにカラスが猫《ねこ》をねらっているようだった。
「大変！」

私《わたし》はすぐに木の下へと向かい、手をのばして、猫《ねこ》に声をかけた。

「ほら、おいで。そんなところにいたら危《あぶ》ないよ」

猫《ねこ》はそれでも枝《えだ》にしがみつくようにしたまま、うごこうとしない。

「ああ、もう、どうしよう」

私《わたし》はせめてふみ台にしてもらえたら、とかばんを両手で持ち上げた。

「ほら、怖《こわ》くても動かなかったら、だめだよ」

そう声をはりあげたとき、カラスがこちらに向かって飛んできた。

猫《ねこ》はカラスから逃《に》げるように枝《えだ》から私《わたし》のかばんの上に飛び乗り、さらにジャンプして、地面に着地したかと思うと、いちもくさんにどこかへいってしまった。

獲物《えもの》をとりそこねたカラスは、カァッと鳴いて、どこかへ飛んでいく。

良かった、と私《わたし》はホッとして両腕《りょううで》を下ろした。

『怖《こわ》くても動かなかったら、だめだよ』

自分が発した言葉が、胸《むね》に響《ひび》いていた。

「……そうだよね。怖《こわ》くても動こう。たしかめないと」

落ちこむのは、その後だ。

決意をかためた私《わたし》は、そのままかけ足で、図書館へと向かった。

ちょうど、図書館はうちの学校とみなぽん学校との中間地点だ。

カノジョとの待ち合わせ場所としては、最適《さいてき》だろう。

図書館の近くまできたとき、女の子の前に男の人二人が立ちふさがっていた。

「えっ、みなぽんじゃん。やば、めっちゃかわいい」

「家まで送ろうか」

おどろいて顔を向けると、本当にみなぽんがいた。

みなぽん学校の制服《せいふく》を着ていて、ネクタイは青、私《わたし》と同じ中学一年生の印《しるし》だ。

変装《へんそう》のつもりなのか、帽子《ぼうし》をかぶり、黒ぶちのめがねをしている。

「やめてください」

と、みなぽんがおびえたようにいっている。

黒猫《くろねこ》に続いて、今度はみなぽん。今日はかわいい子のピンチにでくわす日のようだ。

私《わたし》が一歩前にでようとしたとき、

「美奈《みな》」

と、聞き覚えのある男の子の声がした。

私《わたし》が声の方向に目を向けると、そこに相沢君《あいざわ》がいた。

「亘《わたる》っ！」

みなぽんはうれしそうに、相沢君《あいざわ》にかけよると、腕《うで》をからませている。

「えっ、みなぽん、そいつは？」

と、男の人たちがとまどったようにたずねている。

「美奈《みな》のカレシだよ。いこ、亘《わたる》」

私《わたし》が少し離《はな》れたところで、一歩も動けずにいると、去《さ》り際《ぎわ》に相沢君《あいざわ》と一瞬《いっしゅん》、目が合った。

みなぽんにしがみつかれていても、相沢君《あいざわ》は相変わらず、冷静な表情《ひょうじょう》のままだった。

翌日《よくじつ》。大きなショックを受けた私《わたし》は、朝からずっと放心状態《じょうたい》だった。

登校して自分の机《つくえ》についたとき、相沢君《あいざわ》がぽつりといった。

「昨日のあれ……黙《だま》っててもらってもいいかな」

相沢君《あいざわ》のほうから話しかけてくるなんて、めったにないことだ。

それだけ、彼《かれ》にとって大切なことなのだろう。

「わかった。バレたら大変だもんね。ナイショの関係ってやつだね」

でも、あんなふうに宣言《せんげん》して、腕《うで》を組んで歩いていたら、バレるのも時間の問題じゃないかな?

そんなおせっかいが頭をよぎったけれど、口にはださなかった。

それはさておきだ。

相沢君《あいざわ》にカノジョがいることが確定《かくてい》してしまった。

しかも、相手は、同学年最強女子、あのみなぽんだ。

私《わたし》なんて、逆立《さかだ》ちしたってかなわない。

涙《なみだ》がでそうになったけれど、それをこらえて、無理やり口角を上げた。

「えっ、ほんとに、あんたの『推《お》し』にカノジョいたんだ」

「それは、正直意外な展開《てんかい》……」

お昼休み。

私《わたし》は、愛衣《あい》と秋穂《あきほ》に相沢《あいざわ》君のカノジョがみなぽんであることをふせて、昨日の出来事を伝えた。

「で、菜々美《ななみ》はどうするの？」

愛衣《あい》が心配そうに私《わたし》を見つめる。

「どうしようもないからあきらめようと思う。カノジョがいる人を好きになるなんて、不毛なことだし」

私《わたし》が苦笑すると、秋穂《あきほ》は、そうかな、と腕《うで》を組んだ。

「うちの姉ちゃんがね、『未婚《みこん》である以上、相手にカノジョとかいても遠慮《えんりょ》することない』って。『もちろん、結婚《けっこん》っていう契約《けいやく》を交わした相手にアプローチは、絶対《ぜったい》にNG《エヌジー》だけど、結婚《けっこん》前だったら、気にすることない。チャンスを逃《のが》すな』っていってたよ。あと、『とはいえ、いくら未婚《みこん》でも友だちのカレシに手をだすのはNG《エヌジー》』ともいってた」

「秋穂《あきほ》のお姉さん、過激《かげき》発言だね」

と、愛衣《あい》が顔を引きつらせる。

「そうかもだけど、一理はあるなぁって。だから、うちは好きな人にカノジョがいても、気にせずアタックするつもり。あっ、菜々美《ななみ》と愛衣《あい》のカレシにはそんなことしないから安心して」

「秋穂《あきほ》の友だちで良かったわ」

秋穂《あきほ》のお姉さんのいうこともわからないでもない。

でも、相沢《あいざわ》君とみなぽんは、腕《うで》を組んで帰るほど、なかよく幸せにしているのだ。

そこに波風を立てるつもりはない。

「私《わたし》、これから、彼《かれ》のことは『好きな人』じゃなくて、純粋《じゅんすい》な『推《お》し』に変更《へんこう》しようと思ってる。『推《お》し』には幸せでいてほしい」

そういうと、思わず私《わたし》の目から涙《なみだ》がこぼれおちた。

泣くつもりなんて、なかったのに。

一度、涙《なみだ》がでてしまったら、あとからあとからあふれてくる。

「菜々美《ななみ》……」

「えらいぞ」

愛衣《あい》と秋穂《あきほ》ももらい泣きして、私《わたし》にだきついてきた。

はじめての恋《こい》。

そして、はじめての失恋《しつれん》だ。


事件《じけん》は、その後しばらくして起こった。

私《わたし》は美化委員をしている。定例委員会では一年から三年までの美化委員が集まり、ゴミ掃除《そうじ》、清掃《せいそう》用具のチェック、ポスターを貼《は》ったり外したりしている。

委員の仕事が終わって、帰り支度《じたく》をしていると、

「木下《きのした》さん、今度、いっしょに映画《えいが》とかいかない？」

委員会でいっしょの三年生の男の先輩《せんぱい》に、突然《とつぜん》声をかけられたのだ。

驚《おどろ》いて、声がうら返る。

「えっ、私《わたし》と映画《えいが》にですか?」

「うん、さっき、ポスターを見て『観《み》にいきたい』っていってたじゃん」

さきほど、学校の掲示板《けいじばん》に文科省が推薦《すいせん》している青春ムービーのポスターを貼《は》ったのだ。

その際《さい》、私《わたし》はたしかに、『へぇ、おもしろそう。観《み》にいきたいなぁ』といった。

「いいましたけど、どうして私《わたし》と?」

「木下《きのした》さんのこと、ちょっと気になってて」

「わ、私《わたし》を?」

「前に公園で猫《ねこ》を助けようと一生懸命《けんめい》だったのを見て、かわいいなって思ったというか」

男子に、ストレートに『かわいい』といわれたのははじめてだ。

私《わたし》は衝撃《しょうげき》のあまり、言葉がでない。

「映画《えいが》、割引券《わりびきけん》もらえるみたいだし、いこうよ」

私《わたし》が返事もできずに硬直《こうちょく》してると、

「ごめん、おどろくよな。考えといて」

先輩《せんぱい》は、にこっと笑って、教室をでていった。


「ええぇ、三年の先輩《せんぱい》に映画《えいが》に誘《さそ》われた？」

翌日《よくじつ》のお昼休み。こっそり愛衣《あい》と秋穂《あきほ》に伝えると、二人は目をむいて声をはりあげた。

私《わたし》は、しーっ、と人差し指を立てる。

「ちょっと、こっそり相談してるのに、そんな大声ださないで」

愛衣《あい》は、ごめっ、と口に手を当て、

「いいじゃん、いっておいでよ」

と、秋穂《あきほ》は前のめりだ。

私《わたし》は返答に困《こま》って、なんとなく相沢《あいざわ》君のほうを向く。

彼《かれ》も私《わたし》のほうを見ていて、思わず目が合った。

けれど、相沢《あいざわ》君はすぐに顔をそむけてしまった。


午後の授業《じゅぎょう》は移動《いどう》教室だ。

みんなと一緒《いっしょ》に教室をでようとしたとき、「木下《きのした》さん」と相沢《あいざわ》君に呼《よ》びとめられた。

教室にはもう私《わたし》と相沢《あいざわ》君だけしかいない。

「なあに？　相沢《あいざわ》君も急がないと」

私《わたし》がそういうと、彼《かれ》は「うん」とうなずき、

「木下《きのした》さん、先輩《せんぱい》と映画《えいが》いくの？」

と静かな声でたずねてきた。

「あー、聞いてたんだ。こんなこと初めてだから、てんぱっちゃって。観《み》たい映《えい》画《が》だったからいってもいいかなって」

「あのさ、」と相沢《あいざわ》君は目をそらしたままいう。

「いかないで、ほしいんだけど」

一瞬《いっしゅん》、なにをいわれたのかわからなかった。

どうして……と、私《わたし》はかすれた声で返す。

「いってほしくないから」

相沢《あいざわ》君の耳は真っ赤だった。

本当ならうれしい言葉だったはずだ。

でも、今はなにもかもわからなくて、混乱《こんらん》している。

「だめだよ、相沢《あいざわ》君。みなぽんがいるのに、他の子にそんなこといっちゃ」

そのとき、予鈴《よれい》が鳴り、私《わたし》は逃《に》げるように教室をでる。

それから放課後まで、相沢《あいざわ》君の顔を見ることができなかった。


放課後、私《わたし》は図書館にきていた。

『図書館の入口で待ってる。ちゃんと話をしたいから、きてほしい』

帰りぎわ、相沢《あいざわ》君からそんなメモを渡《わた》されたためだ。

その日、私《わたし》は掃除《そうじ》当番だったので、それが終わってから、図書館へと向かった。
相沢《あいざわ》君がなぜ、あんなことをいいだしたのか、どうして私《わたし》を呼《よ》びだしたのか
……。はじめて分数をひっくり返すことを教わったときのように、なにがなんだ
かわからない。
図書館前につくと、相沢《あいざわ》君とみなぽんが並《なら》んで立っていた。
もしかしたら、私《わたし》はみなぽんに『人のカレシを好きになってすみません』と謝《あやま》
らなければ、ならないのだろうか?
「話って……」
私《わたし》が目を泳がせながら、二人を交互《こうご》に見ると、相沢《あいざわ》君が一歩前にでた。
「美奈《みな》の本名は、相沢美奈《あいざわみな》。美奈《みな》は、俺《おれ》の双子《ふたご》の姉なんだ」
みなぽんが申し訳《わけ》なさそうにいう。
「中学に入ってから男の人にからまれることが多くなって、亘《わたる》にカレシのふりを
してもらっていたの。弟がいることは知られていないし、ちょうどいいと思って。
でも、そのせいで、誤解《ごかい》されたって……」

思いもしないことに、私《わたし》は呆然《ぼうぜん》としていた。

あのさ、と相沢君《あいざわ》が目を合わせる。

「俺《おれ》、ずっとクラスの女子に変人扱《あつか》いされてた。美奈《みな》には変人だからって、弟だってことも秘密《ひみつ》にされてて」

だって、とみなぽんが口をとがらせる。

「本当に変人じゃん。国語辞典何冊《さつ》も並《なら》べたりして。ずっとさえなかったし。最近急に背《せ》が伸《の》びてイケメンになってきたけど」

「……こんな調子でさ。木下《きのした》さんだけなんだ。俺《おれ》を認《みと》めてくれて、ほめてくれて……すごくうれしかった。いつか告白《こくはく》したい。そのために木下《きのした》さんと同じ学校にいきたくて、受験しなかったんだ」

うれしくて、胸《むね》が熱い。

「木下《きのした》さんが、好きです」

「私《わたし》もずっと好……」

私《わたし》がいいかけると、あーっ、とみなぽんが前にでる。

「これからも亘《わたる》にはカレシのふりを続けてもらいたいの。だから、二人がもしつきあっても、ナイショの関係でいてね」

はあ？　と相沢《あいざわ》君が顔をしかめた。

「なんだよ、それ。もうカレシのふりは終わりだって」

「それじゃあ、美奈《みな》、図書館にいってるから、帰りはちゃんとカレシとしていっしょに帰ってね」

と、みなぽんは、そのまま図書館の中へと消えていった。

「分数の割《わ》り算といっしょだね。ちゃんと聞いたら理解《りかい》できた」

私《わたし》が小さく笑うと、相沢《あいざわ》君がボソッという。

「……木下《きのした》さんからの言葉、ちゃんと聞きたいんだけど……」

私《わたし》は彼《かれ》の真っ赤な耳に向かって、大好き、とささやいた。

「でも、ナイショの関係だね」

「いいよ、そんなの」

私《わたし》たちは顔を見合わせて笑い合い、そっと手をつないだ。

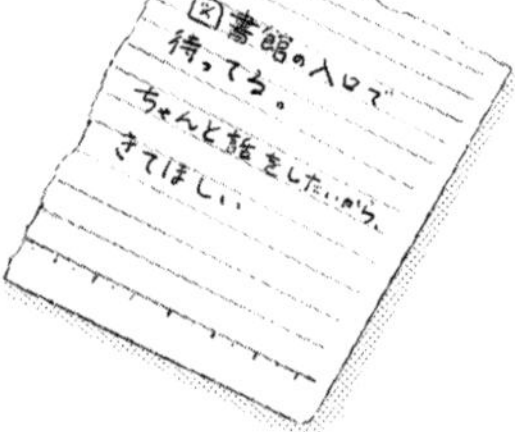
図書館の入口で
待ってる。
ちゃんと話をしたいから、
きてほしい。

物語が生まれる関係

夢《ゆめ》追《お》うふたり

如月《きさらぎ》かずさ

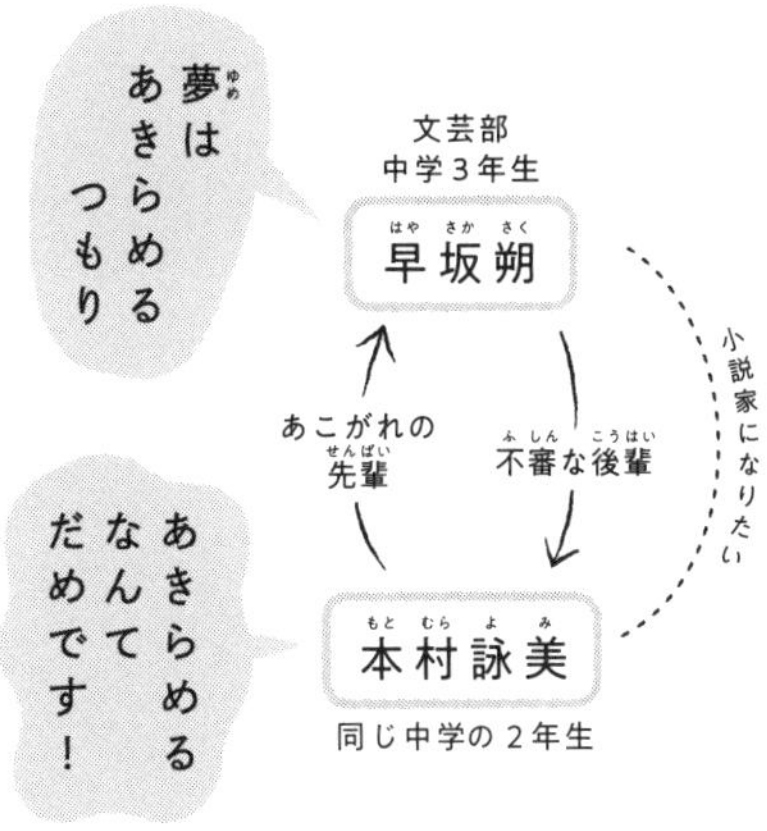

もしも時間をさかのぼることができるなら、小学校時代のわたしに会いにいきたい。そして忠告《ちゅうこく》してやるのだ。将来《しょうらい》は小説家になりたいと思いはじめたころのわたしに、その夢《ゆめ》はやめておけ、と。

あとあと苦しくなるだけの夢《ゆめ》なんて、最初から見ないにこしたことはない。

文芸部での最後の活動を終えて、家に帰る途中《とちゅう》のことだった。道端《みちばた》に置かれていた紙束を見つけて、わたしは足をとめた。

明日回収《かいしゅう》の紙ゴミを、気の早いだれかが捨《す》てていったのだろう。夕陽に照らされたその紙束をじっと見つめてから、わたしは肩《かた》にかけていたカバンをあけて、完成したばかりの文芸部誌《し》をとりだした。

中学校でつくる最後の文芸部誌《し》。その表紙をにらんでいるうちに、こらえていた怒《いか》りがこみあげてきた。

わたしは心を決めて、紙ゴミの束に文芸部誌《し》をつっこもうとした。ところがそのとき、すっとんきょうな大声が、わたしの耳にとびこんできた。

「ストーーーーーーーップ！」

ぎょっとしてふりかえると、うちの中学の制服《せいふく》を着た女子が、どたばたこちらにかけよってきた。ぱっと見てリスやハムスターなどの小動物を連想させるような、小柄《こがら》な女子だった。

「そそそれを捨《す》てるなんてとんでもないです！　捨《す》てるくらいならわたしにください！」

「あげないけど。いきなりなんなの、あなた」

とがった声でたずねると、相手はとたんにあわあわとうろたえだした。

「す、すみません！　あの、早坂朔《はやさかさく》せ、先輩《せんぱい》ですよね。わたし、本村詠美《もとむらよみ》といいます。早坂先輩《はやさかせんぱい》の後輩《こうはい》です！」

「それは制服《せいふく》を見ればわかる。そんなことより、どうしてわたしの名前を知ってるの？」

「えっと、ク、クラスの友だちに、教えてもらいました」

あきらかに目が泳いでいる。もしかしてこの後輩《こうはい》、学校からずっとわたしのあとをつけてきたのだろうか。不気味《ぶきみ》に感じてあとずさりをしかけると、本村《もとむら》と名のった不審《ふしん》な後輩《こうはい》が、あわてふためいて弁解《べんかい》してきた。

「待ってください！　わたしはあやしいものなどではなく、ただ、早坂先輩《はやさかせんぱい》にうかがいたいことがありまして……」

「わたしに？　なにをききたいっていうの？」

「……あの、どうすればすらすら小説を書けるようになるのか、とか、ほかにもいろいろ」

上目づかいにこちらの顔を見つめて、本村《もとむら》さんがおそるおそるそうこたえた。

それをきいた瞬間《しゅんかん》、文芸部誌《し》を持ったままの手にぎゅっと力がこもった。

どなりそうになるのをこらえて、わたしは冷たくいった。

「教えられるわけないでしょう、そんなこと」

「そこをなんとか、お願いします！」

本村《もとむら》さんがいきおいよく頭をさげてたのみこんできた。「無理なものは無理」とつっぱねると、相手は「そこをなんとか！」とくりかえして、ますます深く頭をさげる。断《ことわ》り続けたら土下座《どげざ》でもしかねないふんいきだ。その懸命《けんめい》さにとまどっていたわたしは、本村《もとむら》さんの背中《せなか》がふるえているのに気づいてはっとした。

どうやらこの後輩《こうはい》は、じょうだんでもいやがらせでもなく、本気でわたしから小説を書くための極意を教わりたいらしい。どんな勘違《かんちが》いをしているのかは知らないけど、これほど必死な懇願《こんがん》に耳を貸《か》さずに帰るのは後味が悪そうだ。

わたしはため息をついていった。

「役に立つ話ができるとは思えないけど、とりあえず場所を変えましょう。立ち話もなんだから」

「あ、ありがとうございますっ!」

その声だけで、本村《もとむら》さんの表情《ひょうじょう》がきらきら輝《かがや》いているのがわかった。それを見ないように顔をそむけると、わたしはすぐ近くにある小さな公園に向かって歩きだした。

夕暮《ゆうぐ》れの公園に人影《ひとかげ》はなかった。その隅《すみ》にあるベンチに、わたしたちは木製《もくせい》のテーブルをはさんで相向かいに座《すわ》った。

「あのっ、ほんとうにありがとうございます。あこがれの先輩《せんぱい》と、こんなふうにお話をさせていただけて感激《かんげき》です！」

本村《もとむら》さんが熱のこもった声でいった。あこがれの先輩《せんぱい》だなんて、わたしのどこにあこがれる要素《ようそ》があるというのだろう。調子がいいにもほどがある、とも思うけれど、目の前の相手の緊張《きんちょう》と興奮《こうふん》は、演技《えんぎ》のようには見えなくて、わたしは内心困惑《こんわく》していた。

「それで、どうすればすらすら小説を書けるのか教えてほしい、とかいってたけど」

「あっ、はい。じつはわたし、小説家志望《しぼう》でして……」

「そうなの？　なのに文芸部じゃないのね。まあ、本気で小説家を目指すなら、その選択《せんたく》はむしろ賢《かしこ》いかもしれないけど」

うちの中学の文芸部は、真面目《まじめ》で熱心とはとてもいいがたい。小説家志望《しぼう》の部員は数えるほどで、文芸部員のくせにほとんど本を読まない部員もいる。部誌《ぶし》の

制作《せいさく》以外はこれといった活動もなく、こんなことならほかの部をえらんだほうが、小説を書くときにつかえるネタがふえてよかった、と何度も後悔《こうかい》した。

「要《よう》は小説家になりたいから、小説を書くための極意が知りたいってことなの？けど、小説家志望《しぼう》の人間ならほかにもいるでしょう。どうしてわたしに話をきくことにしたの？」

「えっと、それはですね、あの、友だちから、小説家志望《しぼう》のすごい先輩《せんぱい》がいるから、ぜひその先輩《せんぱい》にアドバイスをもらうといい、と強く勧《すす》められまして、はい」

本村《もとむら》さんは相変わらずしどろもどろな口調で説明する。それをきいたわたしは顔をしかめて、「本村《もとむら》さんって、二年生？」とたしかめた。わたしの予想どおり、本村《もとむら》さんはこくこくとうなずいてみせる。

文芸部の二年に、わたしのことを変に買いかぶっている後輩《こうはい》がいる。おそらく本村《もとむら》さんは、その後輩《こうはい》からあやまった情報《じょうほう》を与《あた》えられたのだろう。

本村《もとむら》さんは期待に満ちたまなざしでわたしを見つめている。その顔を見ていたら、無性《むしょう》に腹《はら》が立ってきた。本村《もとむら》さんが悪いわけじゃないのはわかっているけど、彼女《かのじょ》の勘違《かんちが》いのあこがれを、こなごなに打ちくだいてやりたくなった。

わたしはふたたびカバンから文芸部誌《し》をとりだして、無言で本村《もとむら》さんにさしだした。

「読ませていただけるんですか⁉　それでは遠慮《えんりょ》なく」

本村《もとむら》さんがうやうやしく文芸部誌《し》を受けとった。そして部誌《ぶし》のページを開いてすこしのあいだながめてから、「あれ？」と不思議そうにつぶやく。

「あの、目次に早坂先輩《はやさかせんぱい》のおなまえが見あたらないんですけど、いったいどうして……」

本村《もとむら》さんがおろおろとたずねてくる。わたしは花壇《かだん》に植えられたしおれかけの花を見つめながら、そっけなくこたえた。

「書けなかったのよ」

「えっ？　書けなかったとはどういう……」

「だから、書けなかったの。一行も書けなかったのよ。いくら悩《なや》んでも、アイデアが思いつかなかったの」

無感情《むかんじょう》につげたつもりの言葉は、いらだちをかくしきれていなかった。

小学生のときから、わたしはずっと小説家になりたいと願い続けてきた。物語を想像《そうぞう》するのは好きだったし、文章を書くのも得意《とくい》だと思っていた。

けれどいつのころからか、思うように小説が書けなくなっていった。作品を書きはじめても、納得《なっとく》のいく文章がちっとも書けず、すぐに挫折《ざせつ》してしまう。物語のアイデアもなかなか思いつけなくなり、最近では自分がなにを書きたいのかもわからなくなっていた。書けないことがつらくて、小説家をめざすことが苦しくてしかたなくなっていた。

わたしは胸《むね》の痛《いた》みをこらえて言葉を続けた。

「部誌《ぶし》にのせる短編《たんぺん》も書けないやつが、小説家になんてなれるわけないでしょう。だからもうその夢《ゆめ》はあきらめるつもり。そういうわけだから、悪いけどアドバイスはほかの人にもらって」

あきらめるとはっきり口にするのは、これがはじめてだった。けれどそのおかげでわかった。そう、それが正解《せいかい》だ。すっぱりあきらめてしまえば、もう苦しむこともなくなる。

わたしが自分にいいきかせていると、それまでぽかんとしていた本村《もとむら》さんが、突然《とつぜん》立ちあがって必死に説得《せっとく》してきた。

「だだだ、だめです！　そんなの絶対《ぜったい》だめです！　早坂先輩《はやさかせんぱい》ならきっとおおぜいの読者を感動させる作品が書けますから、小説家になるのをあきらめたりしないでください！」

「いいかげんなこといわないで！　わたしの作品を読んだこともないくせに、あなたになにがわかるっていうのよ！」

怒《いか》りにまかせてたたきつけた声は、思っていたより激《はげ》しくなって、わたしははっと息をのんだ。

本村《もとむら》さんは青ざめた顔で身を縮《ちぢ》めていた。それを見たとたん、頭にのぼった血が急速に引いて、わたしは「ごめんなさい」と視線《しせん》をそらした。本村《もとむら》さんもしゅんとした声で、「いえ、わたしのほうこそすみませんでした」とこたえて、ふたたびベンチに腰《こし》をおろした。

しばらく気まずい沈黙《ちんもく》が続いた。もともと人と話すのは得意《とくい》じゃないから、こういうときにどうすればいいのかわからない。そのうち公園内の電灯に明かりがともって、もうそんな時間になるのかと思っていると、本村《もとむら》さんがためらいがちに口を開いた。それまでの会話とはまるでちがう、静かで真剣《しんけん》な声音で。

「わたしも、全然小説が書けなくて、ずっと悩《なや》んでたんです。書けないっていうか、アイデアも思いつかなくて。小説家になるのはあきらめたほうがいいんじゃないかな、って、そんなふうに思って、それで早坂先輩《はやさかせんぱい》に話をきいてみたかったんです」

わたしはおどろいて本村《もとむら》さんの顔を見た。本村《もとむら》さんの言葉から、彼女《かのじょ》の苦しみが伝わってくるようで、わたしは目をふせて謝罪《しゃざい》した。

「ごめんなさい。期待にこたえられなくて」

「そんなことないです！」

本村《もとむら》さんはきっぱりといいかえしてきた。

「わたしは、早坂先輩《はやさかせんぱい》と話せてよかったです。早坂先輩《はやさかせんぱい》もわたしとおなじように悩《なや》んでたんだって、わかったから」

　本村《もとむら》さんがまっすぐにわたしを見つめていった。電灯に照らされたその瞳《ひとみ》に、小さな光がともって見えた。

「きっと、みんなそうなんですね。読者が何十万人もいる人気の小説家さんも、書けない時期があったり、悩《なや》んだり苦しんだりして、それでも夢《ゆめ》を追うのをあきらめなかった人が、小説家になることができるんですね」

「それは、そうとはかぎらないと思うけど。小説家になるべくして生まれたような特別な人間は、わたしたちみたいに苦しんだりすることもないんじゃない？」

「いえ、きっとおなじですよ。特別とかそういうの、たぶん関係ないです」

　本村《もとむら》さんの口調には確信《かくしん》がこもっているようにきこえた。なんの根拠《こんきょ》もないことは明らかだったけど、それでもわたしはその言葉の力強さに、ほんのすこし心が軽くなったように感じた。

　わたしはふっ、とほほえんでいった。

「……わたしも、話せてよかったかもね」

「そ、そんな、もったいないお言葉です！　あっ、それじゃあこれ、おかえししますね」

うれしそうにはにかみながら、本村《もとむら》さんが文芸部誌《し》をわたしてきた。それを受けとったあとで、わたしはふと思いついて本村《もとむら》さんにたずねた。

「ところで、あなたも小説家志望《しぼう》なら本は好きなのよね。どんなジャンルをよく読むの？」

「もちろんミステリーですっ！　連続殺人《さつじん》とか密室殺人《みっしつさつじん》とか大好物です！」

「発言が物騒《ぶっそう》すぎる。けど、ミステリーか。わたしはファンタジーが主食だから、ミステリーはほとんど読んだことがないんだけど、おすすめの……」

「は？　ミステリーをお読みでない？」

本村《もとむら》さんがひどくとまどった表情《ひょうじょう》をうかべた。わたしがミステリーを読まないのがそんなに意外なんだろうか。そう思って首をかしげていると、本村《もとむら》さんがなにかに気づいたように、いきなり大きな声をあげた。

「ああああああああああっ！」

「なんなのよ急に。近所迷惑《めいわく》でしょう」

わたしの注意もきかず、本村《もとむら》さんは夢中《むちゅう》でカバンをあさると、そこからとりだした文庫本をわたしに見せた。わたしでも題名を知っている、海外の有名なミステリー作品だった。

「これ！　これを読んでみてください！　この小説、わたしの大好きなミステリー作家さんが中学時代に読んでいた作品で、これに出会ったのがきっかけでミステリーを愛読するようになったそうなんです。わたしもちょうど今日読み終わったんですけど、すごくおもしろかったのでぜひ！　ぜひぜひ！」

「えっ、貸《か》してもらっていいの？」

わたしが確認《かくにん》すると、本村《もとむら》さんは激《はげ》しく首を縦《たて》にふって、文庫本をおしつけてくる。

「ありがとう。読み終わったら教室にかえしにいくから。本村《もとむら》さんは、二年何組？」

「二組、なんですけど、あの、もしお気にめしたら、そのまま持っていてもらっても全然かまいませんですよ」

「そんなわけいかないでしょ。ちゃんとかえしにいくってば。ついでに、その大好きなミステリー作家のおすすめの作品も教えてくれる？」

「そ、それは、えっと、次に会ったときにお教えします！」

変なところでもったいぶる子だ。けどまあ、この本をかえしにいったときに教えてもらえばいいだろう。わたしはたのしみな気持ちで、貸《か》してもらった文庫本をながめた。

そのとき、どこかで猫《ねこ》の鳴き声がきこえたかと思うと、本村《もとむら》さんが急にあせりだした。

「あの、そろそろわたし、失礼します。もっとお話をさせていただきたいんですけど、急ぎの用事がありまして……」

「そう、わかった。じゃあまた今度、学校で」

「は、はい。ではまた今度……」

本村《もとむら》さんはどことなく気まずそうな表情《ひょうじょう》で立ちあがり、公園をでていこうとする。その背中《せなか》に、わたしは「待って」と声をかけた。

「もしよかったら、そのうちに本村《もとむら》さんが書いた小説を読ませて。わたしも、見せてもはずかしくない出来《でき》のものが書けたら、あなたに読んでもらうから」

こちらをふりかえった本村《もとむら》さんが、わたしの言葉に輝《かがや》くような笑顔でこたえた。

「はいっ！　すごく時間がかかっちゃうかもしれませんけど、いつか必ず！」

本村《もとむら》さんを見送ったあと、わたしは貸《か》してもらった文庫本を開いた。そしてぱらぱらとページをめくり、奥付《おくづけ》とよばれる最後のページまでたどりついたところで、おかしなものを発見した。

わたしは「えっ？」とつぶやいてそれを見つめた。奥付《おくづけ》に記された、増刷《ぞうさつ》年月日。その日付が、いまよりも十年以上未来のものになっていたのだ。

いや、単なる誤植《ごしょく》、印刷ミスだろう。すぐにそう思いなおした。だけどもし、この日付が誤植《ごしょく》じゃないとしたら。本村《もとむら》さんが、未来からわたしに会いにきたのだとしたら……。

想像《そうぞう》をふくらませていくうちに、あるアイデアを思いついた。そんなことは絶《ぜっ》対《たい》にありえない。ただ、そうだったらいいのにな、という願望のようなアイデアだけど、これをもとに小説を書いたら、おもしろい話がつくれるかもしれない。

ついさっきまで小説家になるのをあきらめそうになっていたのに、いいアイデアを思いついたとたんに、物語を書きたくてわくわくしている。そのことに気がついて、わたしはくすっ、と笑ってしまった。

創作《そうさく》ノートは家に置いたままだ。思いついたアイデアを忘《わす》れないうちにノートに書きとめるために、わたしは急ぎ足で家路についた。

☆

すぐそばできこえた猫《ねこ》の鳴き声でわれにかえると、わたしこと本村詠美《もとむらよみ》は、うす暗い神社の境内《けいだい》につったっていました。

公園をでたあと、大急ぎでこの神社までもどってきたはずですが、直前の記憶《きおく》が曖昧《あいまい》です。わたしはぼんやりとつぶやきました。

「……夢《ゆめ》でも見てたのかな」

「夢《ゆめ》ではないよ」

耳をくすぐるようなやわらかい声に、わたしは「ひゃあ！」ととびあがりました。声の主《あるじ》は、狛犬《こまいぬ》の台座《だいざ》に腰《こし》かけていた白髪《はくはつ》の美青年。平安時代の貴族《きぞく》みたいな服装《ふくそう》のこのかたは、神社にまつられている神さまなのだそうです。

「おかえり。あこがれの相手とは話せたのかい？」

「は、はいっ、おかげさまで。あの、大変ありがとうございました！」

「礼にはおよばないよ。おまえはわたしの友人の命を救《すく》おうとしてくれたのだからね」

神さまはそういって、ひざにのっていた黒猫《くろねこ》の背中《せなか》をやさしくなでました。黒《くろ》猫《ねこ》は青と緑の色ちがいの両目を細めて、気持ちよさそうにしています。

命を救《すく》おうとした、なんていうと格好《かっこう》がつきますが、わたしはただ車にひかれそうになっている黒猫《くろねこ》を見つけ、とっさに車道に飛びだしたのはいいものの、途《と》中《ちゅう》で転んでいっしょにひかれそうになっただけです。さいわい車がぎりぎりで停《と》まってくれたおかげで無事にすみましたが。

その後、わたしは黒猫《くろねこ》に案内されるようにしてこの神社をおとずれ、そこで出会った神さまにこういわれたのです。友人を救《すく》おうとしてくれたおまえに、なにか礼をしてやろう、と。

神さまの得意《とくい》分野は時間をあやつることだそうで、もしもわたしにいきたい過《か》去《こ》や未来があれば、その時代にわたしを送ってくれるといいました。送られた先にいられるのは短い時間だけで、神社から遠く離《はな》れることもできない。そういう制限《せいげん》つきで、わたしはのぞんだ過去《かこ》に送ってもらったのでした。

神さまがふところからとりだしたタブレットを操作《そうさ》しながらいいました。

「帰りを待つあいだに、おまえのあこがれの小説家の作品を読んでみたよ。探偵《たんてい》団《だん》の面々《めんめん》がみな魅力的《みりょくてき》でとてもたのしめた。ひいきの作家がふえたよ」

神さま、電子書籍《しょせきは》派なんだ。支払《しはら》い用のクレジットカードとか持っているのかな。わたしが興味《きょうみ》を惹《ひ》かれていると、神さまがタブレットの画面をこちらに向けました。

画面にうつっていたのは、見なれた小説の表紙。それを書いた作者は、早坂朔《はやさかさく》先生。わたしの大好きなミステリー作家で、わたしが通っている中学校を二十年前に卒業した、あこがれの先輩《せんぱい》です。

小さいころから、わたしは小説家になりたいと思っていました。けれど満足な作品を書くことはまったくできず、最近は小説家になる夢《ゆめ》をあきらめかけていました。だからわたしは神さまにお願いして、中学時代の早坂《はやさか》先生に会いにいくことにしたのです。

わたしが目標にしている早坂《はやさか》先生が、今のわたしとおなじ年のころから特別で、次々《つぎつぎ》に小説を書いていたりしたら、わたしはもう小説家になる夢《ゆめ》をあきらめよう。過去《かこ》にいく前、わたしはそう考えていました。早坂《はやさか》先生は特別だったにちがいないから、これできっとあきらめがつく。かなうはずのない夢《ゆめ》を追いかけて苦しまずにすむんだ、と。

けれど、その予想ははずれていました。過去《かこ》で会った早坂《はやさか》先生は、わたしとおなじように苦しんでいました。書けないことがつらくて、夢《ゆめ》をあきらめようとさえしていました。

それでも早坂《はやさか》先生は、あきらめずに夢《ゆめ》をかなえた。だからわたしもあきらめるのはやめにしました。どんなに悩《なや》んでも、苦しんでも、小説家になる夢《ゆめ》を追い続けることに決めたのです。

『もしよかったら、そのうちに本村《もとむら》さんが書いた小説を読ませて』

中学時代の早坂《はやさか》先生と、別れ際《ぎわ》に交わした約束。その約束がいま、わたしの心を燃《も》やしていました。書けないなんていっていられません。なんとしても小説家になって、わたしの小説を早坂《はやさか》先生に読んでもらうのです！

わたしは神さまに深々《ふかぶか》とおじぎをしていいました。

「ほんとに、ほんとにありがとうございました。あっ、今度早坂《はやさか》先生の作品でおすすめのを何冊《さつ》か持ってきますね！」

「それはありがたい。じゃあ、もう暗いから気をつけてお帰り」

「はいっ、それでは失礼します！」

わたしはそうこたえて神社をでました。

早く帰って小説が書きたい。まだアイデアは全然まとまっていないけど、とにかくなにか夢《ゆめ》をかなえるための努力を、いますぐにでも始めたい。強い気持ちに背中《せなか》を押《お》されるように、わたしはかけだしそうな足どりで帰り道を急ぎました。

気になるライバルな関係

放課後のメッセージ

神戸《こうべ》遥真《はるま》

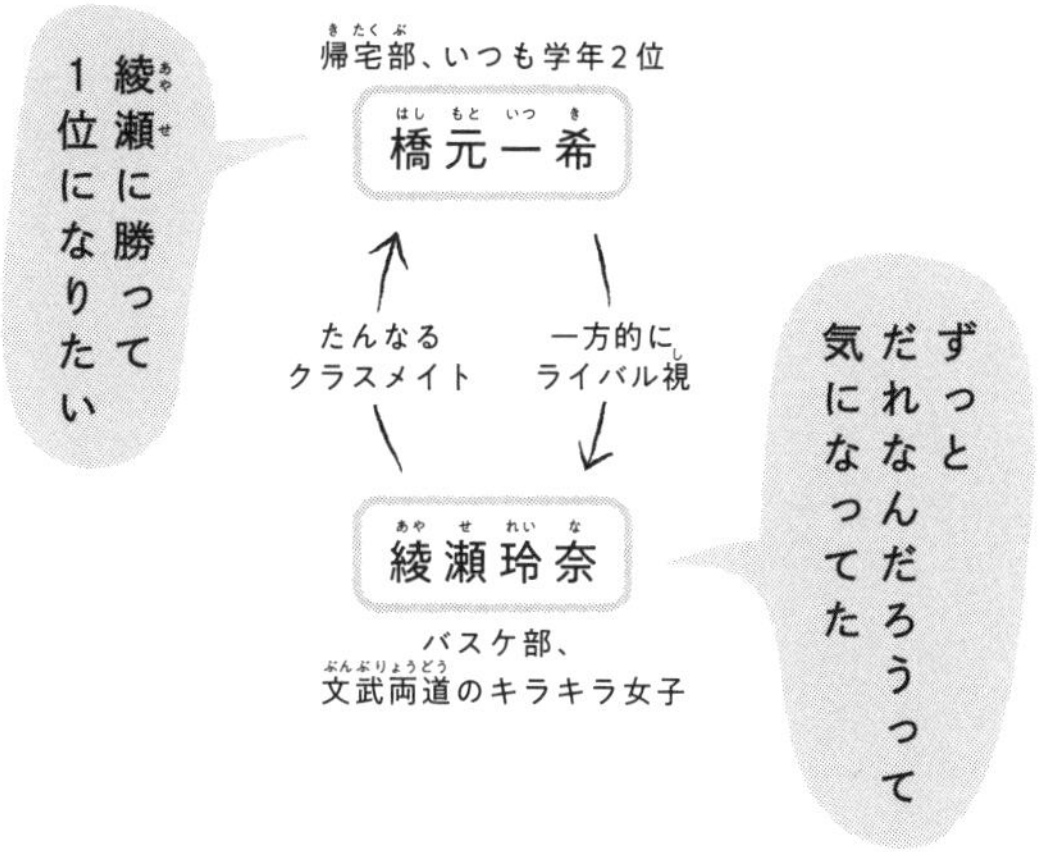

四月、新学期になったばかりのその日、先月の学年末に行われた学力テストの結果が掲示板《けいじばん》にはりだされた。うちの高校では定期考査《こうさ》とは別に学期ごとに学力テストが行われ、その成績《せいせき》上位三十名の名前が、科目別にはりだされるのが慣例《かんれい》となっている。

すぐさま、『橋元一希《はしもといっき》』という自分の名を探《さが》す。いくつかの科目で二位のところに名前があって、一位の欄《らん》にある名前は『綾瀬玲奈《あやせれいな》』。

おれはでかけたため息を飲みこみ、二年一組の自分の教室のほうを見やる。友だちときゃらきゃらと話す明るい綾瀬《あやせ》の声が聞こえてくるようだった。

綾瀬玲奈《あやせれいな》は、姿勢《しせい》がよくてすらりとした女子。肩《かた》までとどくまっすぐな黒髪《くろかみ》。ころころ変わるその表情《ひょうじょう》からも、明るく快活《かいかつ》な性格《せいかく》がうかがえる。部活は女子バスケ部で、教室では声の大きな運動部グループの一員。見るからに充実《じゅうじつ》した高校生活を送っていそうな、日向《ひなた》のよく似合《にあ》う存在《そんざい》だ。

おまけに、成績《せいせき》までとてもいい。

胸《むね》のうちのため息がとまらない。天は二物《にぶつ》を与《あた》えずという言葉を信じたい。で

ないと、あまりに自分がむくわれない。地味で目立つところもなくて万年二位とか、残念にもほどがある。

おれは帰宅部《きたくぶ》で、週に三日の予備校《よびこう》がない放課後は、友だちも少ないので学校の図書室で勉強をしてすごすことが多かった。われながらパッとしない青春時代を送っている気もするが、医学部をめざしてほしいと公言してはばからない両親の機嫌《きげん》を損《そこ》ねるほうが面倒《めんどう》で、気づいたらこんな感じになっていた。

そんなおれがどんなにがんばってても学力テストは万年二位で、一位には必ず綾《あや》瀬《せ》の名前がある。一年生のころはクラスがちがったので、名前を知っていても、彼女《かのじょ》がどんな人物なのかはわかっていなかった。それが二年生になって同じクラスになり、人となりを知っていっそう負けたくなくなった。

綾瀬《あやせ》に勝って、一位になりたい。

☆

新しいクラスで、プロフィールシートなるものを記入した。クラス委員の発案で、誕生日《たんじょうび》や趣味《しゅみ》、好きなものなんかをそれぞれ記入し、冊子《さっし》にすることになったのだ。新しいクラスメイトのことを早く知って仲よくなりましょうということ。

四月の中旬《ちゅうじゅん》には、完成した冊子《さっし》が配布《はいふ》された。たった二ページのプロフィールシートでも、個性《こせい》というのはよくでるもの。自分という人間のおもしろみのなさも、よくよくあらわれているようだった。端的《たんてき》で可《か》もなく不可《ふか》もなくの回答、あいたスペースにらくがきをする遊び心もない。

この調子だと、今年も友だちがふえず勉強がはかどりそうだな……。

そんなことを考えながら、ページをめくっていた手をふととめた。

綾瀬玲奈《あやせれいな》のページだった。

過去《かこ》に書道でも習っていたのか、きっちりとしたきれいで読みやすい楷書《かいしょ》。それでいて、好きな食べものの欄《らん》に『なんでもおいしく食べたいけど一番好きなのはリンゴ！』などと書くようなちゃめっけもあり、自分とのちがいを目《ま》の当たりにする。

そんな綾瀬《あやせ》は、ページの下のほう、フリースペースに黒猫《くろねこ》のらくがきをしていた。その猫《ねこ》の横に、こんなフレーズを書いている。

《一度きりだから　がんばりたい》

プロフィールを見てから、綾瀬《あやせ》のことが今まで以上に気になるようになった。その身のこなしだけでなく、持ちものにまでつい目がいく。

綾瀬《あやせ》のスクールバッグにつけられた、黒猫《くろねこ》のチャーム。黒猫《くろねこ》の目にはキラキラと光を反射《はんしゃ》する石がうめこまれていて、左がブルー、右がグリーンのオッドアイ。そのチャームとおそろいの、猫《ねこ》のイラストがかかれたノート。

そして、ブルーのシャープペンシルにも猫《ねこ》のマスコットがついていて、綾瀬《あやせ》がつかうたびにふるふるとゆれる。

おれは休み時間になると、イヤホンを耳につっこみ、気に入っているバンド『春を夢見《ゆめみ》る夜』の曲を聴《き》きながら、なんでもない顔で綾瀬《あやせ》を観察するようになった。綾瀬《あやせ》を見ていると、聴《き》きなれたはずのバンドの曲が、歌詞《かし》の一つひとつが、いつも以上に胸《むね》に響《ひび》く感じがした。

そんなある日の、放課後のことだった。

図書室で勉強していたおれは、忘《わす》れた教科書をとりに二年一組の教室にもどった。グラウンドからは運動部の声が、音楽室のほうからは吹奏楽《すいそうがく》部の管楽器の音が聞こえ、放課後の校舎《こうしゃ》は人通りが少ないのに、どこにいてもにぎやかだ。

そうしてむかった教室には先客がいて、ついドアのかげにかくれた。

教室にいたのは、綾瀬《あやせ》だった。髪《かみ》をポニーテールにしていてジャージ姿《すがた》なので、部活の最中なのかもしれない。

こちらが勝手にライバル視《し》しているだけで、綾瀬《あやせ》とはクラスメイトという以上の接点《せってん》はない。教室で二人きりになるのは気まずく、おれは綾瀬《あやせ》が教室をでていくのを待つことにした。

綾瀬《あやせ》は自席の机《つくえ》の中を見て、ペンケースらしきポーチを手にする。忘《わす》れものだったんだろう。そのまま教室をでていくかと思われた――けど。

なぜか教室の後方、うしろの黒板の前に立った。

教室には授業《じゅぎょう》でつかう前方のものと、連絡事項《れんらくじこう》などを書く後方のもの、二つの黒板が設置《せっち》されている。とはいえ、連絡事項《れんらくじこう》は今の時代、メールや専用《せんよう》のアプリで送られてくるのがほとんど。後方の黒板は当初の目的でつかわれることはめったになく、日々《ひび》らくがきで埋《う》めつくされていた。

ブサイクな犬、数学の公式、先生の似顔絵《にがおえ》、本格的《ほんかくてき》なチョークアートふうの花……。

綾瀬《あやせ》はチョークを手にし、それらをさけるように、すみのほうになにか字を書きつけた。カツカツとチョークが鳴る。そうして書きおえて満足げな顔になると、パッときびすをかえして教室からかけだしていった。

おれはだれもいない教室の中にそっと入り、後方の黒板、綾瀬《あやせ》の書いたらくがきを見た。プロフィール冊子《さっし》と同じようなきれいな字で、こんな言葉が書かれている。

《きみのことを　知りたいと思ってる》

綾瀬《あやせ》は、おれがかくれて見ていたことは知らない。これは、おれに向けたメッセージじゃない。

それでも、どうしようもなく心臓《しんぞう》が音を立てた。

静かに深呼吸《しんこきゅう》し、置いてあった白いチョークを手にする。そして、綾瀬《あやせ》が書いた言葉のすぐとなりに、そっと書きそえた。

《そんなことをしても　意味なんかないのに》

その日を境《さかい》に、おれは綾瀬《あやせ》のらくがきに、こっそり言葉をかえすようになった。
《自分だけがずっとおぼえてる　あの日のこと》
《二人の思い出に　できたらいいのに》
あるときには、こんなフレーズも書かれていた。
《いつだってそれは　なんでもないささやかな言葉》
放課後に図書室で勉強しているおれは、ころあいを見計《みはか》らって教室にいき、そのフレーズにかえす。
《宝《たから》ものにしているなんて　きみはきっと知らない》

綾瀬《あやせ》は、友だちの前では黒板にらくがきをしなかった。放課後、いつも一人部活をぬけだし、誰《だれ》にも見つからないようにこっそり書いているようだ。お手本のようなきれいな字と内容により、おれには綾瀬《あやせ》が書いているとわかった。

《二人だけのヒミツは　どんなキャンディよりも甘《あま》い》

どうして、綾瀬《あやせ》はこんなフレーズを書きつづけているんだろう。

《もう　その味を知らなかったころには　もどれない》

そして、どうしておれは——。

あるとき、おれは午後六時過《す》ぎに図書室をでて、いかにも下校ついでっていう感じで教室をのぞいた。そうじの時間にきれいになったはずのうしろの黒板には、やっぱり今日も新しいフレーズがある。

《きみを想うだけでよかった》

耳に入れていたイヤホンに、そっと指先でふれた。最近でたばかりの、『春を夢見《ゆめみ》る夜』の新曲が流れている。それに耳をかたむけながら、おれはチョークを手にした。

《なんていうのは　本当はウソ》

四月がおわり、五月になって連休が明けたあとも、綾瀬《あやせ》とのやりとりはつづいた。制服《せいふく》も夏服への移行《いこう》期間に突入《とつにゅう》し、もうすぐ六月、中間テストまであと少しだった。

《本当のことを　教えてよ》

そんなフレーズに、おれは迷《まよ》いなくかえす。

《わたしたちだけの　ヒミツにするから》

チョークを置いて、パン、と軽く手をはらう。

今日もすんなり返事を書けて、大満足。

ひそやかな言葉のやりとりが、いつの間にかおれも楽しみになっていた。綾瀬《あやせ》は、おれが書いていることを知らない。これはあくまで一方的な自己《じこ》満足。それでも、こんなふうに好きな言葉をやりとりするだけで、満たされるなにかがあった。

ついしみじみしてしまい、黒板をながめていたそのとき。

「――橋元《はしもと》くん？」

ふいにかけられた声に、ぎょっとしてふりかえる。

教室の入口に、ハーフパンツに体操服姿《たいそうふくすがた》の綾瀬《あやせ》が立っていた。

目をパチパチとしておれに、そしてさっき置いたばかりのチョークに目をやる。

たちまち、さぁっと血の気《け》がひいた。

「いつも書いてくれてたの、橋元《はしもと》くんだったの……？」

綾瀬《あやせ》は迷《まよ》いなくこちらにやってくる。

対するおれはというと、まさかの事態《じたい》にパニックになって一歩さがり、あやうく転びかけた。

「な、なんのこと……？」

「これ、黒板！　さっき、橋元《はしもと》くんが書いてるの、見た！」

そして、綾瀬《あやせ》はおれの目の前までやってくると。

おれの手首を、ひしとつかんだ。

「わたし、ずっとだれなんだろうって気になってた。ずっと、この人と話がしたかった！」

綾瀬《あやせ》の声が、ガランとした教室に響《ひび》く。そのつややかな大きな目が、まっすぐにおれをとらえる。

……本当はずっと、ずっとおれも。

綾瀬《あやせ》と話をしてみたかった。

じゃなかったら、こんなふうに言葉をかえしたりしなかった。

でも、おれと綾瀬《あやせ》じゃキャラがちがう。そんなふうに話したりなんて、できるわけないって思ってた。

つかまれた手首が熱い。顔をあげると、綾瀬《あやせ》のきれいな目とかちあった。

「橋元《はしもと》くんって」

「綾瀬《あやせ》さんって」

声が重なり、そして、小さく息をすって同時に聞いた。

「『春を夢見《ゆめみ》る夜』のファン!?」

☆

たくさんの人がゆきかう駅の改札口の前でおちつきなく立っていると、聞きなれた声がした。

「お待たせー!」

改札をでた綾瀬《あやせ》が、手をふってこちらにかけてくる。

それに手をふりかえし、おれは自分の格好《かっこう》を見た。黒地に桜《さくら》の花びらがちった柄《がら》のT《ティー》シャツ。髪《かみ》を高いところでポニーテールにした綾瀬《あやせ》も、おれと同じT《ティー》シャツを着ている。

そして、周囲《しゅうい》には少なくない数の、同じT《ティー》シャツ姿《すがた》の人がいた。

綾瀬《あやせ》もそれを見て、興奮《こうふん》したように口をひらく。

「すごいね、こんなに仲間がいるんだね!」

少し前に、事前通販《つうはん》で綾瀬《あやせ》が二人分のライブT《ティー》シャツを購入《こうにゅう》してくれた。ようやくそれを着られる日がきたものの、ペアルックみたいではずかしくないのだろうかとひそかに心配していたが杞憂《きゆう》だった。こんなにたくさん同志《どうし》がいるのかと思ったら、今はわくわくしかない。

「開場まであと少しだし、もういこっか！」

——綾瀬《あやせ》がプロフィールシートや黒板に書いていたフレーズは、どれもこれも、おれも好きなバンド『春を夢見る夜《ゆめみ》』の曲の歌詞《かし》だった。

そして、綾瀬《あやせ》がスクールバッグにつけていたチャームや文具類の黒猫《くろねこ》は、バンドのマスコットキャラクター。特徴的《とくちょうてき》なブルーとグリーンのオッドアイだったので、すぐに『春を夢見る夜《ゆめみ》』のものだと確信《かくしん》できた。

そんなこんなで、おれは綾瀬《あやせ》のことがもう気になって気になってしょうがなくなり、けど個人的《こじんてき》な会話をするような勇気もなく。綾瀬《あやせ》が書いた歌詞《かし》に、つづきをこっそり書いていたのだった。

『春を夢見《ゆめみ》る夜』はまだそこまで有名なバンドではなく、おれも動画サイトでたまたま知ってから曲を聴《き》くようになった。そういった事情《じじょう》もあり、これまで、このバンドが好きだという人に身近では会ったことがなかったのだ。それは、綾瀬《あやせ》も同じだったそう。

『わたし、春夢《はるゆめ》がもう超《ちょう》好きで！　じつはファンクラブも入ってるんだけど、こんなにハマってるのって、なんかひかれちゃいそうでさ。友だちには、いいにくくて』

綾瀬《あやせ》は『春を夢見《ゆめみ》る夜』を『春夢《はるゆめ》』と略《りゃく》し、興奮《こうふん》したようにまくし立てた。

『だから、歌詞《かし》のつづき書いてくれてるだれかのこと、すーっごく気になってたの。うちのクラスの人だろうとは思ってたんだけど……そっか、橋元《はしもと》くんだったんだね。やだもう、仲間ならさっさと教えてくれればよかったのに！』

おれはずっと、綾瀬《あやせ》と自分はキャラがちがうと、心の中で線引きをしていた。おれとはちがう人種で、だからこそ負けたくなかった。理解《りかい》しあえるわけなんてないと、勝手に決めつけていた。

けど、綾瀬《あやせ》はそんな線を軽々《かるがる》とこえてきた。

はじめてすなおに、おれは自分の負けを認《みと》めた。でもその敗北感は、まったく嫌《いや》な種類のものじゃない。

綾瀬《あやせ》はこれでもかと目をかがやかせ、つかんだままのおれの手をふりまわす。

『知ってるかもしれないけど、夏に全国ツアーがあるでしょ？　いっしょにいかない？』

こんな感じで、目の上のたんこぶでライバルだった綾瀬《あやせ》と、春夢《はるゆめ》仲間になったのだった。

あれ以来、綾瀬《あやせ》とはたまにメッセージアプリでもやりとりをするようになり、新曲やライブの情報《じょうほう》を伝えあった。春夢《はるゆめ》の話をしていくうちに、いつしか勉強のことなども話すようにもなった。

勉強方法や問題集などを教えあうのは、思いがけず楽しかった。勉強は一人でやるもの、親にやらされるものだという、自分の中の常識《じょうしき》まで変えられてしまったように思う。勉強を楽しいと思えるなんて、はじめてのことだった。

一学期の期末テスト、そして学力テストがおわると、いつになくすっきりした気持ちになった。

学力テストの順位がわかるのは二学期だが、綾瀬《あやせ》には「絶対、負けないから」といわれた。はじめてライバル認定《にんてい》されたようで、今までとはちがうやる気がでた。

そうしていよいよ夏休み、楽しみにしていたライブの当日をむかえたというわけだ。

駅からホールへの道すがら、おれたちはいつものように、あれこれと春夢《はるゆめ》の情《じょう》報交換《ほうこうかん》をした。二人ともライブに参加するのははじめてで、事前に調べてきたライブ参加時のマナーなんかを確認《かくにん》しあう。

ふいに、綾瀬《あやせ》が「ひゃー」と奇声《きせい》をあげた。

「やばい、緊張《きんちょう》してきた！」

「おれも……」

大好きなバンドの曲を生で聴《き》く。それがどれくらいすごいことで感動するものなのか、脳内《のうない》で何度もシミュレーションしてみたけどわからなかった。いざライブがはじまったら、どうにかなってしまうかもしれない。

「……一人じゃなくてよかった」

ついそんなことをポロリと口にして、しまったと思う。こんなことをいわれたら重いというか、気持ち悪いのでは……。

「わたしも！」

でも、綾瀬《あやせ》はおれの不安になんて気づかず、大きくうなずく。

「橋元《はしもと》くんがいてよかった！」

まっすぐな言葉に、じわりと顔の表面が熱くなる。

さっきまでの緊張《きんちょう》とは別の感情《かんじょう》でドギマギしかけ、おれは静かに深呼吸《しんこきゅう》した。

壊《こわ》れそうな関係

わたしのママは

もえぎ桃《もも》

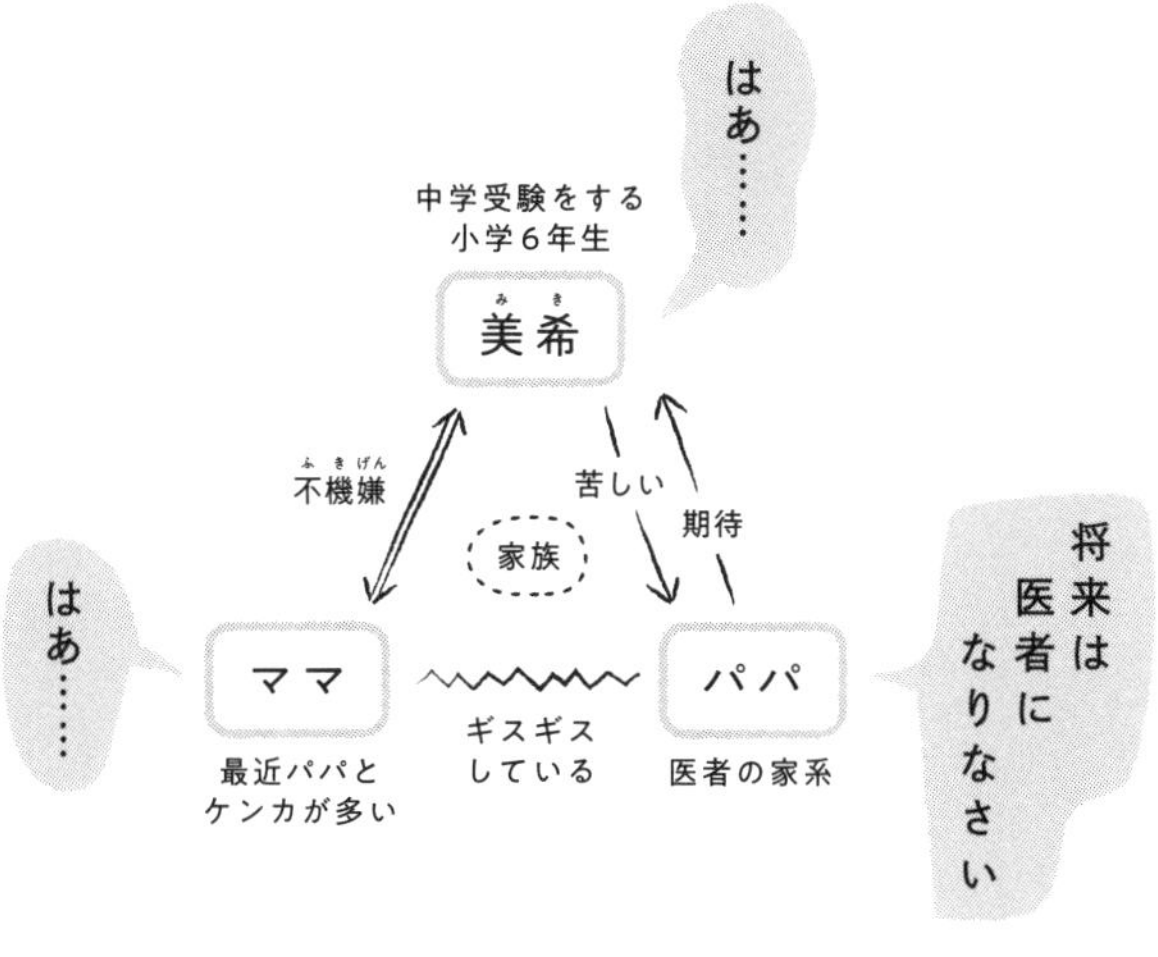
はあ……
中学受験をする
小学6年生
美希《みき》
不機嫌《ふきげん》
苦しい
期待
家族
将来は医者になりなさい
はあ……
ママ
パパ
最近パパと
ケンカが多い
ギスギス
している
医者の家系

わたしのママは最近、よくため息をついている。

学校から帰ってくると、わたしの顔を見て「はあ……」とつかれたように息を吐《は》くんだ。

このため息が、ズシンとくる。聞くだけで、胸《むね》がモヤッとして、いやな気分になる。

子ども部屋は二階なんだけど、ママが階段《かいだん》をトントン上ってくる音がすると、緊張《きんちょう》するようになった。

ママが変わってしまった理由はたぶん、パパのせい。昔は仲良しだったけど、今のママとパパは、とても仲が悪いから。

そしてママとパパの仲が悪い原因《げんいん》は、塾《じゅく》の成績《せいせき》が下がってきたから……かな。

塾《じゅく》は有名進学塾《じゅく》で、テストの点数がいい順に、A、B、Cとクラスわけされる。

毎週、塾《じゅく》でテストを受けてクラスが決まるんだけど、今まではずっとAクラスだった。

でも、六年生になってだんだんと点数が下がってきた。

たぶん、中学受験に向けて、ほかの子たちも本気モードになってきたせいだと思う。

そして先月、とうとうBクラスに落ちてしまった。

とたん、パパの機嫌《きげん》が悪くなった。それまでは、仕事で忙《いそが》しくてあまり家にいなかったけど、いいパパだったと思う。早く帰ってきた日はよく、「おー、勉強がんばってるな」とプリンをお土産に買ってきてくれた。

それがBクラスに落ちたと知って、

「こんな成績《せいせき》で、志望校《しぼうこう》に落ちたらどうするんだ」

「気をぬいていたらライバルに勝てないぞ」

「絶対《ぜったい》にAクラスに戻《もど》りなさい」

と部屋にきて長々《ながなが》とお説教をするようになった。

Aクラスのときは、テストのたびに「美希《みき》、すごいぞ。さすがおれの娘《むすめ》だ」と自慢《じまん》げにいってたのにな。ずっとトップレベルだったのが急に成績《せいせき》が下がったから、さぼってると思ってるんだ。

パパが中学受験にこだわるのには理由がある。パパも、パパのお父さんも、パパの兄弟もお医者さん。だから娘《むすめ》にも同じ道を歩ませようとして、すごく教育熱心。

将来《しょうらい》医者になるのは絶対《ぜったい》で、それもパパやパパの一族が卒業した○○大学に進学しろといわれてる。そのためには当然、頭が良くなきゃいけない。もちろん中学は私立《しりつ》の有名中学を受験しなくちゃいけなくて、小学一年生からずっと塾《じゅく》に通ってる。でも、だんだん期待にこたえられなくなってきた。

勉強のレベルは上がってくるし、本格的《ほんかくてき》に受験勉強を始めた子がどんどん成績《せいせき》を上げていく。さぼっているわけでも、気をぬいてるわけでもなくて、それくらいAクラスにいるのは難《むずか》しいことなんだ。

もちろん、Aクラスに戻《もど》るためにがんばってはいるよ。でも、がんばって勉強したけど、次のテストもBクラスだった。その次のテストも。

パパはまたガミガミ怒《おこ》るし、ママも成績《せいせき》が落ちたことにがっくりきていて、テスト用紙を見てはため息をついている。

わたしはパパが怒《おこ》ることより、ママがどんより暗い顔をしているのがいやでたまらない。

この一か月、ママの笑顔はほとんど見ていないから。パパの不機嫌《ふきげん》が、ママにも伝染《でんせん》しちゃってるんだ。

こんなに家の中がギスギスしていると、ずっと小さかったころのことを思い出してしまう。わたしはママにだっこされて寝《ね》るのが、大好きだった。やわらかいお布団《ふとん》に包まれて、ママはいつもニコニコ笑っていて。わたしの頭に鼻をくっつけるようにして、子守歌を歌ってくれた。

今は大きくなったからいっしょに寝《ね》ることはなくなったけど、ひだまりみたいな温かさといい匂《にお》いは、ずっと覚えてる。

あのころのママに戻《もど》ってほしい。

せめて、もっとママには笑ってほしい。

はあ……。そんなことを考えていたら、わたしもため息がでちゃった。

よくあくびがうつるというけど、ため息もうつるのかな?

トントントン。階段《かいだん》を上ってくる足音がして、ドキッとする。

きっとママだ。なにも悪いことをしていないのに、不安な気持ちになる。

ガチャッとドアがあいて、ママが思いつめた様子で部屋に入ってきた。

願いもむなしく、ママはわたしを見て「はあ……」とため息をついた。

ため息の理由は、つい先週のテストも結果が悪くて、Aクラスに上がれなかったから。ママのため息でまた体がズシンと重くなって、胸《むね》がモヤッとする。

ママの暗い顔にたえきれなくて、窓《まど》の外を見た。

窓《まど》の向こうには細い通学路をはさんで、白い壁《かべ》に赤い三角屋根の向かいのおうちが見える。緑の垣根《かきね》にかこまれた庭には、赤と黄色のチューリップがさいていて、ほかにも色とりどりの花がさいている。白いのは水仙《すいせん》かな？　にぎやかな春の庭のおかげで、少しだけ元気がでる。

そのおうちのひさしの上に、一匹《ぴき》の黒猫《くろねこ》がいた。あの子、たまに見かけるけど、首輪がないからきっと野良猫《のらねこ》だ。

黒猫《くろねこ》は、ぐーっとのびをすると、大きなあくびをして、ゴロリと横になる。ひなたぼっこが気持ちよさそう。

猫《ねこ》は気楽でいいなあ……。ちょっとうらやましいかも。

ひさしの上で昼寝《ひるね》を始めた黒猫《くろねこ》を、わたしはあきずにずっとながめていた。


今年の夏はすごく暑い。いつも雲ひとつない晴天で、夏休みに入るとプールバッグを持って楽しそうに走っていく子たちを、毎日のように窓《まど》の外に見かけるようになった。

でも、夏休みなんて、受験生には関係ないみたい。

プールも海水浴も夏祭りも旅行もなしで、朝から晩《ばん》まで毎日塾《じゅく》で勉強。夜九時くらいに帰ってきたら、パパッと夕ご飯を食べて、お風呂《ふろ》に入って、宿題をして、やっと寝《ね》るのが十二時近く。本を読む時間もないし、もちろんテレビを見る時間もない。

はあ……。近ごろは、ママよりわたしがため息をついている。

パパとママの機嫌《きげん》もどんどん悪くなっている。

なぜなら、それだけやっても、成績《せいせき》は全然上がらないから。上がるどころか、少しずつ下がっていて、Cクラスに落っこちそう。

そのせいで、最近のパパは、不機嫌《ふきげん》を通りこしてとても怖《こわ》い。

今も、一階からパパのどなり声がきこえてくる。

「だいたい、おまえがあまやかすから美希《みき》がさぼるんだ！　こんなんじゃ志望校《しぼうこう》なんてとてもむりだぞ」

「そんな……」

「じゃあおれのせいだっていうのか？　おれもおれの家族も、みんな○○大学にいってるんだぞ。美希《みき》だっていけるはずだ。努力が足りないんだ」

「でも、美希《みき》もがんばってるんですからそんなに怒《おこ》らなくても……」

「おれは美希《みき》のためを思っていってるんだ」

心が痛《いた》くなるようなどなり声がしばらく続いて、それから急に静かになった。

すぐにドンドンドンドン！　と階段《かいだん》を上ってくる足音がして、ガチャッとママが部屋に入ってくる。

目はつりあがって、口はへの字で、すごく怖《こわ》い顔だ。ドアを乱暴《らんぼう》にしめると、学習机《づくえ》をバン！　と叩《たた》いた。わたしは大きな音にビクッとしてしまう。

……塾《じゅく》なんて、なくなってしまえばいいのに。

パパは「受験が終わるまで遊ぶのは禁止《きんし》だ、もっとがんばりなさい！」というけど、これ以上がんばるのはむりだと思う。

だって、じゅうぶんがんばってるもの。

「美希《みき》は、パパのあとをついで将来《しょうらい》は医者になりなさい」

「美希《みき》は、パパと同じお医者さんになるのよね？」

小さいころからそういわれていた。

……でも本当に、将来《しょうらい》医者になりたいのかな？

塾《じゅく》も、中学受験も、本当に自分がやりたいことなのかな？

やりたいことじゃないから、結果がでないんじゃないのかな？

だって、好きなことはがんばろうとしなくてもどんどんできちゃうから。

わたしは壁《かべ》に貼《は》ってある、一枚《まい》の絵と賞状《しょうじょう》を見る。

学校の授業《じゅぎょう》でかいた絵が、絵画コンクールで金賞《きんしょう》をもらったんだ。クリスマスの絵で、あったかそうなおうちの中には、てっぺんにお星さまをのせた大きなクリスマスツリー。ツリーの前では小さな女の子が、プレゼントの袋《ふくろ》からうさぎのぬいぐるみをとりだして、うれしそうに笑っている。その様子をパパとママも笑顔で見つめていて、三人の笑い声がきこえてきそう。

絵を見るとほこらしい幸せな気分になるし、わたしの大切な宝物《たからもの》だ。

見つかると怒《おこ》られるから今はあまりかいていないけど、前はノートにたくさん、イラストをかいていた。

友だちがこの部屋に遊びにきて一緒《いっしょ》にお絵描《か》きをしたときも、「美希《みき》ちゃんの絵、すごく上手！」といってたし。

ちいさいころは絵をかくだけでほめられていたのに。

今はそんなことより受験生なんだから、勉強、勉強って、そればっかり。

絵画コンクール金賞の絵も、なんだか色あせて見える。

賞状《しょうじょう》をもらったときは、ママもパパも本当にほこらしそうだったな……。

バシッ！

ぼんやり考えごとをしていたら、いきなりママにほおを叩《たた》かれた。

えっ、と思ってママを見ると、ママは怖《こわ》い顔で「なに、こっち見てんのよ」といった。

びっくりして、頭が真っ白になった。

ママがわたしにそんなことするなんて、信じられなかった。

やさしかったママが別人みたいになるなんて、受験ってそんなに重要なことなの？

わたしは楽しいこと、好きなことがあるほうが、勉強よりずっとずっと大切なことだと思うのに。

大好きなママがどんどん変わっていくことが、悲しかった。


日に日に寒くなってきた。お向かいのお庭は葉っぱが全部落ちて、ずいぶんさびしくなった。枝《えだ》だけになった木は、灰色《はいいろ》の空の下、とても寒そう。花壇《かだん》も今は空《から》っぽで、赤い屋根も今日はくすんで見える。

冬が一歩近づくたびに、受験の日も近づいてくる。

なのに、成績《せいせき》は相変わらずのBクラスだ。

家の中の雰囲気《ふんいき》は最悪で、ママも毎日イライラしている。そしてそのイライラを、わたしにぶつけてくる。

ぶたれるなんて当たり前で、耳を引っ張《ば》られたり、けられたりするようになった。ちぎれそうなくらい耳を引っ張《ば》られたときは、痛《いた》くて痛《いた》くて、耳がとれちゃうかと思った。

受験が終われば、前のママに戻《もど》ってくれるのかな？

はあ……。

冬の庭があまりにさびしくて、わたしは窓《まど》の外を見るのをやめた。

でも、部屋の中もつまらない。地図とか漢字とか、覚えなきゃいけない勉強のポスターであふれ返っていて、見るだけでげんなりする。

あの金賞の絵と賞状《しょうじょう》ははがされてしまって、今は丸めてタンスの上だ。

唯一《ゆいいつ》、手書きで作った「理科のまとめ」は見ていてホッとする。朝顔の絵がかかれてるんだけど、すごくきれいだから。

紫色《むらさきいろ》で、真ん中が白くて、色鉛筆《いろえんぴつ》で丁寧《ていねい》に濃淡《のうたん》をつけている。ところどころ青を重ねてあるから、青と紫《むらさき》の間のような、夜の手前の空みたいな色だ。

……今さらだけど、お医者さんより絵をかくほうが向いてると思うんだ。だって、こんなに上手にかけるんだもの。

朝顔の絵をボーッとながめていると、パパの声が聞こえてきた。それから、ママの声も。

やだなあと思ってると、ドンドンドン！　と嵐《あらし》みたいな足音がして、ママが部屋に飛びこんできた。

ほおも目も真っ赤で、くちびるをかんでこぶしをにぎってる。

どうしたの、ママ？　泣かないで……。そんなにつらい顔、しないでほしい。

わたしまでつらい気持ちになってしまう。

そう思った瞬間《しゅんかん》、「大嫌《だいきら》い！　バカ！」といいながら、わたしを叩《たた》いてきた。

何度も何度も、ママがわたしを叩《たた》く。

痛《いた》い痛《いた》い、ママ、やめてよ！

そんなに叩《たた》かれたら、壊《こわ》れちゃうよ。

でも言葉にならない。わたしの叫《さけ》びは、ママに届《とど》かない。

たくさん叩《たた》かれて、ボンッと床《ゆか》に投げられて、ひっくり返った。床《ゆか》にあおむけに転がっていると、カーテンのすき間から、どんよりとくもった空が見えた。

あれ……。

窓《まど》から、あの黒猫《くろねこ》がのぞいていた。じーっとわたしを見つめている。よく見ると、左右の目の色がちがうんだ。右が緑で左が青。不思議で、きれいで、思わず見入ってしまう。緑と青の目でしばらくわたしを見下ろしていたけれど、ひらりとどこかへいってしまった。

猫《ねこ》はいいな……どこにでも自由にいけるから。

ドンドンドン、とまた階段《かいだん》を上ってくる音がする。

ガチャッ。パパがいきなり、ノックもせずに部屋に入ってきた。

「おい、美希《みき》。まだ話は終わってないぞ」

床《ゆか》に転がってるわたしを見て、パパがムッと顔をしかめる。

「ゴミはちゃんと捨《す》てなさい。部屋の乱《みだ》れは心の乱《みだ》れからだ。だから、成績《せいせき》も上がらないんだ」

そういって、パパはわたしをゴミ箱に捨《す》てた。それからママに、ガミガミと説教をはじめる。

「パパだって、子どものころからがんばって勉強してきた。だから〇〇大学に合《ごう》格《かく》できたんだ。パパの子どももなんだから、美希《みき》もがんばればできる！　もっと本気で勉強するんだ。いいな？」

ママはなにも答えない。

「なんだその態度《たいど》は！　返事をしなさい！」

雷《かみなり》みたいな大声でパパがどなって、わたしはビクッと身をすくめてしまう。

するとまたトントンと階段《かいだん》をかけあがってくる音がして、ママのお母さんが部屋に入ってきたのがわかった。

「あなた、あまり大きい声ださないで。ご近所に聞こえるわ。美希《みき》も、パパの言うことをきいて、ちゃんとがんばれるわよね？」

お母さんが一生懸命《けんめい》、パパをなだめている。お母さんはパパほど教育熱心じゃないけれど、パパには頭が上がらないし、親族にはずかしくないように、美希《みき》ちゃんを医者にしなきゃと思ってるのは同じだ。

……わたしのママは、小学六年生の美希《みき》ちゃん。

そしてわたしの名前はココ。幼稚園《ようちえん》のころ、クリスマスのプレゼントでやってきたうさぎのぬいぐるみが、わたし。

「わぁ、うさぎさんだ！」

プレゼントの紙袋《かみぶくろ》があけられて、初めて見たのはピンクのほっぺをしたかわいい女の子。

「わたしがママだよ！　お名前は、ココちゃんにする！」

そういわれたときから、美希《みき》ちゃんはわたしのママになった。

やっとお母さんがパパを部屋からつれだしてくれたみたいで、パパの不機嫌《ふきげん》な声が遠くなる。

うさぎのぬいぐるみのわたしは、もう耳もほつれてちぎれそうだし、目も片方《かたほう》取れかけて、ゴミにまちがえられるくらいボロボロだ。

このまま捨《す》てられちゃったら、だれがママ――美希《みき》ちゃんの味方をしてくれるんだろう？　美希《みき》ちゃんががんばりやで、すごくいい子だって、だれがわかってあげられるんだろう？

いやだ、美希《みき》ちゃんをひとりにしたくないよ。

そう思ってると、ふわりと体が持ちあげられる。美希《みき》ちゃんがゴミ箱からわたしを助けだしてくれたんだ。

「叩《たた》いてごめんね。ココちゃん」

美希《みき》ちゃんが泣いている。泣きながら、ぎゅっと抱《だ》きしめてくれる。初めてだっこされたときと同じ、ひだまりみたいに温かくていい匂《にお》いがして、わたしはうれしくなる。

「ごめんねごめんね」

そういいながら、美希《みき》ちゃんはお裁縫箱《さいほうばこ》をだしてきた。

それから針《はり》に白い糸を通して、ちぎれそうになっていた耳を、ていねいにぬってくれる。はみだした綿《わた》はギュッと押《お》しこんで、細かくぬいとじてくれた。耳は少しかたむいたけど、前よりかわいいくらいだ。

とれかけた目も接着剤《せっちゃくざい》でつけ直してくれて、体についたほこりもポンポンとはたいてくれる。

わあ、すごい。わたしの体、元通りになった！

美希《みき》ちゃんは、手先が器用なんだよね。

わたしは知ってるよ。美希《みき》ちゃんはやさしくて、がんばりやで、絵が上手で、お裁縫《さいほう》も上手で、素敵《すてき》なところがいっぱいあるの。

パパは医者になれというけど、美希《みき》ちゃんにはいろんな可能性《かのうせい》があると思う。

だから大丈夫《だいじょうぶ》だよ、安心して。

美希《みき》ちゃんがもっと大きくなって、パパより強くなるまで、わたしがそばにいてあげるから。

そしたらパパに「わたしはパパの人形じゃない！　わたしを壊《こわ》さないで！」って、はっきりいってやろうよ。

わたしはずっと、美希《みき》ちゃんの味方だよ。

はじめての関係

きみは友だち

宮《みや》下《した》恵《え》茉《ま》

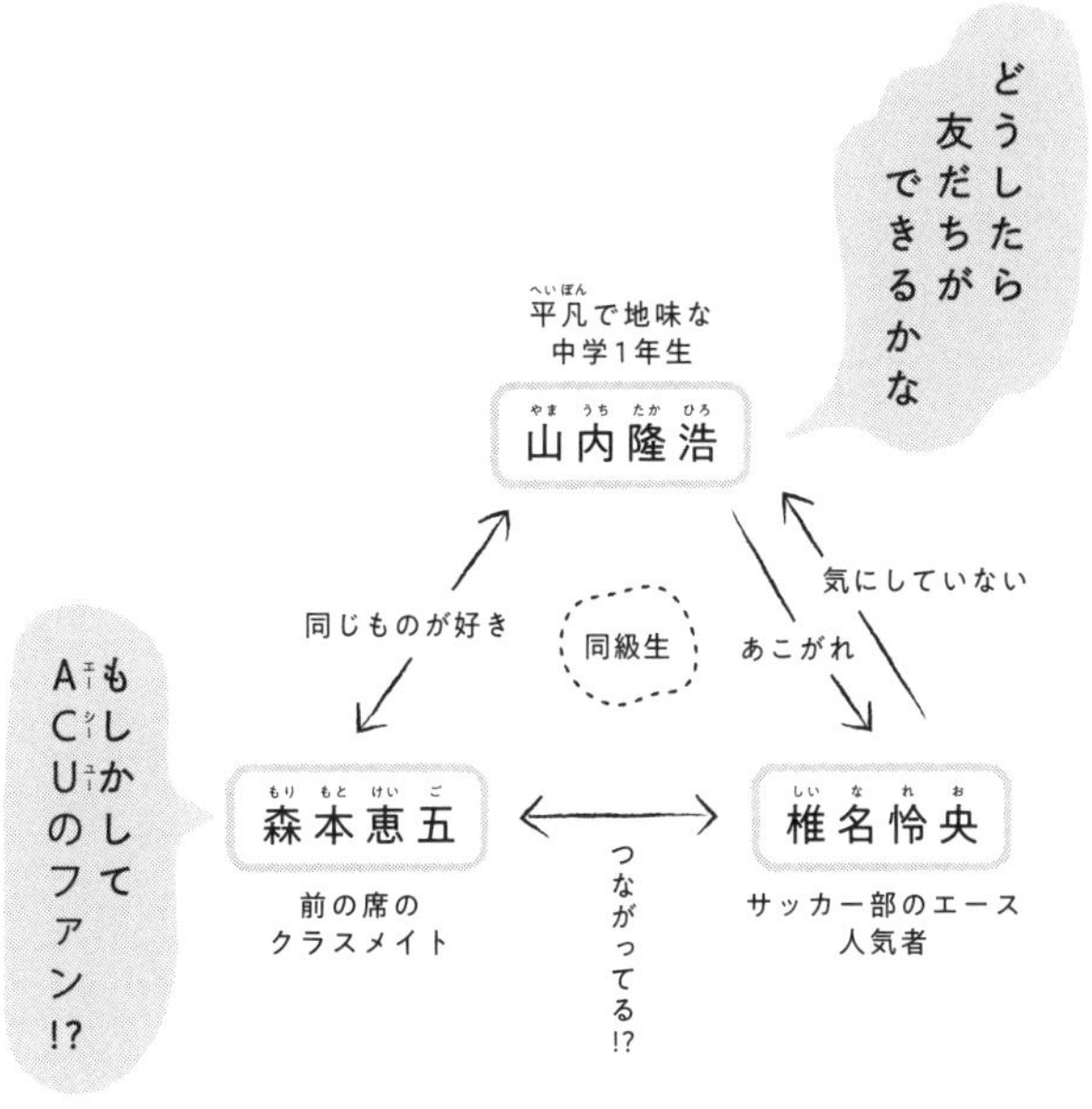

この世に生まれて十二年。ぼくには、友だちがいたことがない。記憶《きおく》にある限《かぎ》り、一度も。

ずっとみんなの視界《しかい》に入ることなくひっそりと生きてきた。なんていうと、大げさだといわれそうだけど、本当にそうなんだからしょうがない。

いじめられているわけでもなく、さけられているわけでもなく、バカにされているわけでもなく……。

自分でいうのは悲しいけど、見た目も、山内隆浩《やまうちたかひろ》という名前も、ぼくという存《そん》在《ざい》も、すべてが平凡《へいぼん》すぎて、多分、みんなの記憶《きおく》に残らないんだと思う。

学校では、話しかけたら応《こた》えてもらえるし、プリントをまわせば受けとってもらえるけれど、ただそれだけ。そこから先には進展《しんてん》しない。

がんばって話を続けようと思うんだけど、なにを話せばいいのかわからない。『宿題、難《むずか》しかったね』っていおうかな。でも、『こんな簡単《かんたん》な問題、難《むずか》しかったの？』って思われちゃうかな。

やっぱりゲームの話がいいかな。でも、ゲームがきらいだったらどうしよう。

頭の中であれこれ考えているうちに、その子はどこかにいってしまう。そのくりかえし。

（これじゃあだめだ。やり方を変えないと）

そこで、『友だちの作り方』で検索《けんさく》してみた。

①　あいさつをしてみる

②　席が近い子に声をかけてみる

③　好きなものが似《に》ている子に声をかけてみる

今まで、①と②はやってみたけど、話が続けられなくてうまくいかなかった。

（よし。③を試してみよう！）

ちなみに、ぼくが好きなものは、『ＡＣＵ《エーシーユー》』だ。

ＡＣＵ《エーシーユー》というのは、『アメイジング・シネマティック・ユニバース』というアメリカの制作《せいさく》会社がつくったスーパーヒーロー映画《えいが》やドラマ全般《ぜんぱん》のこと。ＡＣＵ《エーシーユー》にはさまざまなヒーローやヒロインがいて、作品同士《どうし》がリンクしあっているのが最大の魅力《みりょく》だ。

母さんの話では、ぼくはおすわりをしはじめたころから、ACU《エーシーユー》の映画《えいが》を食い入るように観《み》ていたらしい。そのため、まわりの子がほしがる戦隊もののおもちゃやミニカーではなく、大人《おとな》のマニアが買うような高額《こうがく》なフィギュアをほしがって、両親を困《こま》らせていたそうだ。

（ACU《エーシーユー》の話なら、いくらでもできるぞ！）

ぼくははりきって、クラスの子たちにACU《エーシーユー》に関するぼうだいな知識《ちしき》を披露《ひろう》してみた。だけど、みんなはさほど興味《きょうみ》がないみたいで、「へえ、そう」で会話は終了《しゅうりょう》した。そのまま状況《じょうきょう》は変わらず、ぼくはもうすぐ小学校を卒業《そつぎょう》してしまう。

（あ～あ、どうしたら友だちができるのかなあ）

休み時間、ひとりでぼんやり考えていたら、廊下《ろうか》でさわいでいる声が聞こえた。

「おい、怜央《れお》。今日の放課後遊ぼうぜ」

「怜央《れお》くん。中学に入ったら何部に入るの？」

みんなが、椎名怜央《しいなれお》くんをとりかこんでいる。

椎名《しいな》くんは同じクラスの男子だ。サッカーのクラブチームに入っていて、すらりと背《せ》が高く、目がクリッとしている。いつも話題の中心にいて、男子や女子にはもちろん、先生にも好かれている。性格《せいかく》も明るくさわやかで、目があえば、こんなぼくにも「おはよう」と声をかけてくれる。

(椎名《しいな》くんは、人気者だなあ。どうしたらあんなにたくさん友だちができるんだろう)

そこで、ハッとした。いつの間にか、みんな教室からいなくなっている。

「えっ、なんで?」

しばらく考えて、気がついた。今から卒業式の予行練習があるんだった!

「だれかいってよ!」

いそいで体育館に向かおうとして、足を止めた。

もしもぼくに友だちがいたら、こんなとき、声をかけてくれたかな。

『なにぼけっとしてるの、早くいこうよ』って。

口下手《くちべた》なぼくが椎名《しいな》くんみたいになれるとは思えない。だからたくさんじゃなくていい。ひとりでいいから、友だちがほしい。

ぼくは、ひとりぼっちの教室で決意した。

中学生になったら『友だち』を見つけるんだ。絶対《ぜったい》に……！


四月になって、ぼくは中学生になった。

入学式の日、がんばってまわりの子たちに話しかけてみたけれど、やっぱり話が続かない。部活動にでも入れば友だちができるかもしれないと思って、いろいろ見学してみたけれど、興味《きょうみ》があるものがなかった。

（マズい、このままでは小学校のときとおなじになってしまう）

一週間たっても友だちができずにあせっていたぼくは、ふと前の席の男子のかばんに目がとまった。

ファスナーの先にぶらさがっているキーホルダーに、ACU《エーシーユー》の文字。

（ま、まさか……！）

もっとよく見ようと首をのばすと彼《かれ》の手元が見えた。にぎっているのは、白地に鷲《わし》の翼《つばさ》と、するどい目がデザインされたシャープペンシル。

（こ、これは『イーグル・アイ』のキャラグッズ！　……もしや彼《かれ》は、ACU《エーシーユー》ファン？）

「あの……！」

ぼくは思わず彼《かれ》のひじのあたりをつかんだ。まゆの下がった気の弱そうな男子が、おどろいた顔でふりかえる。

「きみ、もしかしてACU《エーシーユー》ファン？」

そこからは話が早かった。

思ったとおり彼《かれ》（名前を森本恵五《もりもとけいご》くんという）は、ぼくと同じACU《エーシーユー》ファンだった。ぼくと森本《もりもと》くんはすぐに意気投合し、休み時間になるとふたりでACU《エーシーユー》の話でもりあがった。

ACU《エーシーユー》には人気のキャラがたくさんいるのに、森本《もりもと》くんはその中でもイーグル・アイが一番推《お》しなのだという。

イーグル・アイはACU《エーシーユー》の中でも地味目なヒーローだ。人気投票でもいつもランク外で、イマイチパッとしない。だけど、ここぞというときにメインヒーローを助ける陰《かげ》のヒーローなのだ。

「わかる！　ぼくもイーグル・アイが最推《さいお》しなんだ。レアキャラだけど、なにげに全部のヒーローたちとからみがあるのがすごいよね」

ぼくは、はずんだ声でそう答えた。

森本《もりもと》くんとは気があうと思っていたけど、まさか好きなキャラまでおなじだなんて、これはもう運命の出会いとしか思えない。

ぼくは背《せ》が高くないけれど、森本《もりもと》くんはひょろりと高く、かなりの猫背《ねこぜ》だ。えりあしがくせっ毛で、ぶあついめがねをかけている。今まで目の前に座《すわ》っていたのに、どうして森本《もりもと》くんの存在《そんざい》に気がつかなかったんだろう？　その存在感《そんざいかん》のなさも、好ましい。

中学入学を機に買ってもらったスマホに、早速森本《もりもと》くんのアカウントを登録した。それまで登録していたのは母さんと父さんだけだったから、友だちを登録したのははじめてだ。

（そのことを伝えようかな。でも、今まで友だちがひとりもいなかったのかって引かれたらどうしよう）

ぼくがもじもじしていると、

「実はさ」

森本《もりもと》くんがスマホを操作《そうさ》しながらいった。

「ぼく、友だちを登録したの、山内《やまうち》くんがはじめてなんだ。今まで友だちなんていなかったから」

「……ぼ、ぼくも！」

思わず立ちあがっていった。

森本《もりもと》くんはおどろいたようにめがねをおしあげたけど、すぐにふっとほおをゆるめた。

「山内《やまうち》くんは、ぼくのはじめての友だちだよ。なかよくなれてよかった」

その言葉に、うれしすぎてめまいを起こしそうになる。

こうして、ぼくたちは親友になった。

入学して一か月がすぎると、ぼくたちは学校だけではあきたらず、放課後、家でACU《エーシーユー》の過去作《かこさく》を見たり、ゲームをしたりするようになった。森本《もりもと》くんの家はちらかっているらしいので、遊ぶのはいつもぼくの家だ。

そして、今日はふたりで電車に乗って大きな街まででた。ACU《エーシーユー》のポップアップストアがあるという情報《じょうほう》を、ネットで見つけたのだ。

フィギュアにアパレル商品、ぬいぐるみ。いろいろあるけれど、どれも高くてぼくたちのおこづかいでは買えない。

だけど、ふたりでいろんな商品を見ているだけでも十分に楽しかった。ふいに森本《もりもと》くんが関連書籍《しょせき》のコーナーで足を止めた。

「イーグル・アイのガイドブックをずっと探《さが》してるんだけどやっぱりないね」

「かなり昔のシリーズだし、レアキャラだから、数ももともと少ないんだろうね。近所の古書店でもぜんぜん見つからないし、フリマアプリだと、とんでもない金《きん》額《がく》なんだよな」

ガイドブックは買えなかったけど、ぼくらはおそろいの下敷《したじ》きを買った。もちろんイーグル・アイのものだ。これを明日からつかうんだと思うと、うれしくてついニヤついてしまう。

その後、ふたりでハンバーガーショップに向かった。ほんの二か月前には、友だちと休日にハンバーガーを食べる未来なんて考えもしなかった。

（友だちがいる生活って、なんて楽しいんだろう）

うっとりしながら食べていたら、テラス席からさわがしい笑い声が聞こえてきた。

見ると、そこには同じ中学の男子数人のグループがいた。椎名《しいな》くんもいる。

「あれ、サッカー部の子たちだね。椎名《しいな》くんって知ってる？　ぼく、小学校が同じだったんだけど、男子からも女子からも人気があって、友だちもたくさんいる子なんだ」

椎名《しいな》くんたちのほうを見て小声でいったけど、森本《もりもと》くんはそちらを見ようともせずに、「へえ、そうなんだ」と興味《きょうみ》なさそうに応《こた》えた。

「ああいう子たちって、ぼくたちとは細胞《さいぼう》レベルでちがうよね」

「えっ、細胞《さいぼう》……？」

森本《もりもと》くんが、目をしばたたかせてめがねをおしあげた。

「あ、ごめん。勝手にぼくといっしょにして」

いいすぎたかなと心配になってあやまると、

「いや、そうじゃないんだ。うん、たしかにぜんぜんぼくとはちがうよね」

森本《もりもと》くんが顔を赤らめる。

ぼくはもう一度椎名《しいな》くんのほうを見た。

(椎名《しいな》くんは、友だちができなかったことなんてなかったただろうな)

すぐに人とうちとけられて、みんなの中心にいるタイプ。地味で目立たないぼくたちとはなにもかもちがう。

廊下《ろうか》ですれちがう椎名《しいな》くんが、ときどきちらっとぼくたちを見て、笑っていることは知っている。女子たちが、くすくす笑っていることも。

だけど、それがなんだっていうんだろう？

（森本《もりもと》くんと友だちになれてよかった）

ぼくが心の中でそんなことを考えているとも知らずに、森本《もりもと》くんは背中《せなか》を丸めてポテトを食べている。ぼくはしあわせな気持ちでその姿《すがた》を見つめていた。

そんなある日。学校から帰ったら、キッチンのテーブルの上に少しくたびれた表紙の本が、何冊《さつ》かつみあげられているのを見つけた。

「これ、なに？」

ちょうど買い物から帰ってきたばかりの母さんに、たずねた。

「さっきスーパーにいったら、店頭で古書店の移動販売《いどうはんばい》があったのよ。お母さんが学生のころ読んでたなつかしい本を見つけたから、つい買いすぎちゃった」

ふーんといいながらページをめくると、奥付《おくづけ》には二十年ほど昔の日付がついている。母さんによると、もう絶版《ぜっぱん》になっている本がたくさん売られていたらしい。

（ということは、もしかしたらイーグル・アイの本もあるかも……！）

今日、森本《もりもと》くんは家の用事があるから遊べないといっていた。こっそり手に入れたらきっとびっくりするだろうな。

その姿《すがた》を想像《そうぞう》して、ぼくはふふっと笑った。

(よーし。森本《もりもと》くんをびっくりさせるぞ)

外にでると、ぼくの自転車のサドルの上に黒猫《くろねこ》が座《すわ》っていた。最近、このあたりをうろついている目の色が左右でちがう猫《ねこ》だ。

ぼくがシッシッとおっぱらうと、めんどくさそうに地面におりて、「はい、はい、わかってますよ」とでもいいたげな顔でのそのそいってしまった。

「感じ悪い猫《ねこ》だなあ」

気をとりなおして自転車に乗り、スーパーに向かった。母さんがいっていたとおり、店頭に本棚《ほんだな》が並《なら》んでいる。早速目当ての本を探《さが》そうとして、足をとめた。

(え、あれは……)

ひょろりと背《せ》が高く、えりあしがくせっ毛。まちがいない、あのうしろ姿《すがた》は森《もり》本《もと》くんだ。

(すごいぐうぜん！　ぼくたち、やっぱり気があうな。あれっ、でも家の用事があるっていってなかったっけ……）

そう思いながら声をかけようとして、ハッとした。

森本《もりもと》くんのとなりにだれかいる。すらりと背《せ》が高く、目がクリッとしている。

あれは……椎名《しいな》くん？

ぼくは見つからないように本棚《ほんだな》のかげにかくれて、ふたりの姿《すがた》をもう一度確認《かくにん》した。

なにを話しているのかわからないけど、親しげに話している。

（なんで森本《もりもと》くんと椎名《しいな》くんが？）

椎名《しいな》くんとぼくは同じ小学校だったけど、森本《もりもと》くんはちがう小学校だ。今はクラスだってちがう。

（もしかして、サッカーのクラブチームがいっしょだったとか？）

いいや。森本《もりもと》くんは前に、サッカーのルールをよく知らないといっていた。森《もり》本《もと》くんは塾《じゅく》にも部活にも入っていないから、ふたりに接点《せってん》はないはずだ。

なのに、どうして？

しばらく見ていると、椎名《しいな》くんは森本《もりもと》くんの肩《かた》に手をのせて、まるで昔からの友だちみたいに楽しそうに笑っていた。その姿《すがた》に胸《むね》が苦しくなる。

こうして見ると、森本《もりもと》くんと椎名《しいな》くんは背《せ》の高さが同じくらいで、どことなく雰囲気《ふんいき》が似《に》ている。森本《もりもと》くんは背《せ》が低いぼくといっしょにいるよりも、椎名《しいな》くんといるほうが絵になっている気がする。

ぼくはふたりから目をそらした。

森本《もりもと》くんに、ぼく以外の友だちがいたってべつにおかしくない。むしろふつうのことだ。やきもちをやくぼくのほうが、どうかしてるってわかってる。

でも、森本《もりもと》くんはぼくに『今まで友だちなんていなかった』といっていた。ぼくがはじめての友だちだって。

もしもそれが本当で、最近椎名《しいな》くんと友だちになったのなら、ぼくに教えてくれたってよかったじゃないか。

ぼくはふたりに背《せ》を向けて、逃《に》げるようにスーパーをあとにした。

翌日《よくじつ》、重い足どりで学校へ向かった。

すると先にきていた森本《もりもと》くんが、ぼくを見るなり、スキップするようにかけよってきた。

「おはよう、山内《やまうち》くん」

「……おはよう」

森本《もりもと》くんは、なんだかそわそわしている。

「あのさ、これ見て」

そういうと背中《せなか》にかくしていたものをさしだした。それはずっとぼくたちが探《さが》していたイーグル・アイのガイドブックだった。

(森本《もりもと》くん、昨日椎名《しいな》くんと見つけたんだ……)

「すごいだろ？　ぐうぜん、出先で見つけたんだ。なんと初版《しょはん》だよ？　すごくない？」

森本《もりもと》くんは顔を赤らめて、興奮《こうふん》気味にそういった。ぼくはじっと表紙を見つめてから森本《もりもと》くんにたずねた。

「……どこで？　だれと見つけたの？」

ぼくの質問《しつもん》に、森本《もりもと》くんは一瞬《いっしゅん》言葉をつまらせてから、「え？　えっと、それは……」といってうつむいた。

ぼくは顔をあげて森本《もりもと》くんを見た。

「ぼく以外の友だちとじゃないの？」

すると森本《もりもと》くんは、ぷっとふきだした。

「やだなあ。そんなわけないじゃない。ぼくには、山内《やまうち》くんしか友だちがいないんだから」

ぼくはきゅっとくちびるをかみしめると、

「どうしてそんなうそつくんだよ！」

そうさけんで、ガイドブックを森本《もりもと》くんの胸《むね》におしつけた。

「新しい友だちができたなら、そういえばいいじゃないか。ぼくに友だちがいないからって、変な気をつかわないでよ！」

「え？　ちょっとまって、山内《やまうち》くん！」

うしろから森本《もりもと》くんの声がしたけど、ぼくは聞こえないふりでその場から逃《に》げだした。


それからあとの記憶《きおく》は、あまりない。

ぼくは休み時間も昼休みも森本《もりもと》くんから声をかけられないように、チャイムが鳴ると同時にダッシュで教室から逃《に》げだした。うしろから森本《もりもと》くんがぼくを呼《よ》ぶ声がしたけど、聞こえないふりでふりきった。

クラスメイトたちは、そんなぼくたちの様子を遠まきにながめてなにかひそひそといっていたみたいだけど、どうでもよかった。

授業中《じゅぎょうちゅう》、森本《もりもと》くんの丸まった背中《せなか》を見ていたら、目の縁《ふち》がじわっと熱くなった。

やっとできた友だちだったのに。

好きなものが似《に》ていて、いつまでだって話がつきない、出会えたことが運命だって思える、そんな友だちだと思ってたのに……。

窓《まど》の外で、体育の授業《じゅぎょう》をしているのが見えた。椎名《しいな》くんのクラスだ。

これだけ遠く離《はな》れていても、どれが椎名《しいな》くんかすぐにわかってしまう、圧倒的《あっとうてき》な存在感《そんざいかん》。ぼくとはぜんぜんちがう。きっと森本《もりもと》くんもぼくみたいなやつよりも、椎名《しいな》くんみたいな明るい人気者と友だちになるほうがいいんだろうな。

ぼくはスンとはなをすすって、親指で目じりをぬぐった。

ホームルームが終わる直前、いそいで教科書をリュックにつめこんだ。もちろん、森本《もりもと》くんから逃《に》げるためだ。『起立』の号令とともにリュックをせおい、『礼』と同時に教室を飛びだした。

とたんにうしろからだれかが追いかけてくる足音が聞こえた。ふりかえると、真っ赤な顔の森本《もりもと》くんが、めがねを上下にゆらしながら追いかけてくるのが見えた。

「待って、山内《やまうち》くん!」

まさかあの物静かな森本《もりもと》くんが追いかけてくるとは思わなかった。ぼくはギョッとして全力で走って逃《に》げた。廊下《ろうか》にでていた他のクラスの子たちも、おどろいてぼくたちを見ている。

「こら、廊下《ろうか》は走らない！」

すれちがった先生に注意されたけど、それどころじゃない！

階段《かいだん》をかけおりて、うわばきのままわたり廊下《ろうか》をぬけ、体育倉庫のほうへ逃《に》げる。それでも森本《もりもと》くんは、しつこく追いかけてきた。

ふだんまったく運動なんてしない上に、ぼくは走るのが致命的《ちめいてき》に遅《おそ》い。それは森本《もりもと》くんも同じようで、ふたりの距離《きょり》はなかなか縮《ちぢ》まらない。それでも一生懸命《けんめい》腕《うで》をふって逃《に》げていたけど、足の長さのせいだろう。とうとう体育倉庫前で、森《も》本《と》くんに追いつかれて腕《うで》をつかまれた。

「どうして逃《に》げるのさ！」

森本《もりもと》くんが、はあはあと肩《かた》で息をしながら、ずれためがねのまま、ぼくをにらみつける。

どうしてだって？

そんなの、決まってるじゃないか。

ぼくはカッとなって、森本《もりもと》くんの手をふりはらった。

「きみが、うそをつくからだろ！」

「なんのことさ」

「きみがスーパーの移動《いどう》古書店にいるところを見たんだよ！　椎名《しいな》くんといっしょだったろ！　新しい友だちができたならそういってくれたらいいじゃないか。どうしてだますのさ」

するとと森本《もりもと》くんは、めがねを指で直してから、「だましてなんか、ないよ」といった。

「まだうそをつくの？　そりゃあ、ぼくは椎名《しいな》くんみたいな人気者とはちがうよ。きみがぼくより椎名《しいな》くんと仲よくしたい気持ちもわかる。だからって……」

「ちがうよ、怜央《れお》とは友だちなんかじゃない」

「怜央《れお》？　ふーん、呼《よ》び捨《す》てなんだ」

いいながら、なんだか泣きそうになってきた。ぼくは奥歯《おくば》をかみしめていい返した。

「そんなに仲がいいのに、友だちじゃないって？　だったら、なんなんだよ」

「怜央《れお》は、その……」

森本《もりもと》くんはしばらくいいよどんだ後、覚悟《かくご》を決めたような顔でさけんだ。

「怜央《れお》は、ぼくのオイッコなんだ」

「オイッコ？？？」

ぼくののどから変な声がでた。

それなに？　なんかの暗号？

しばらく考えていて、ふいに脳内《のうない》でオイッコの文字が甥《おい》っ子に変換《へんかん》された。

「え!?」

なんと森本《もりもと》くんは、椎名《しいな》くんの叔父《おじ》さんだったのだ。

森本《もりもと》くんちは五人きょうだいで、椎名《しいな》くんのお母さんは、森本《もりもと》くんの一番上のお姉さんなんだという。

「ぼくが末っ子で、一子姉《いちこねえ》ちゃんとは十八歳《さい》、年が離《はな》れてるんだ」

森本《もりもと》くんが赤い顔でうつむく。

「べつにそんなの、はずかしがる必要ないのかもしれないけど、やっぱりちょっとはずかしくて。ぼくが怜央《れお》の叔父《おじ》さんだってみんなに知られるのがいやだから、怜央《れお》には学校で話しかけないでっていってたんだ」

森本《もりもと》くんが、はずかしそうに頭のうしろをかく。

「でも、山内《やまうち》くんにだけは、ちゃんとつたえておけばよかったね」

（……おじ、さん）

ぼくは脱力《だつりょく》して、その場にへたりこみそうになった。

そりゃあ、同級生が甥《おい》っ子だなんて、しかもその甥《おい》っ子があの椎名《しいな》くんだなんて、なかなかいいにくいよね。

（ぼくは、友だち失格《しっかく》だな……）

森本《もりもと》くんが秘密《ひみつ》にしておきたかったことを、いわせてしまった。なにが友だちだ。自分で自分がはずかしい。

「ごめん、森本《もりもと》くん。勝手にかんちがいして」

ぼくは深々《ふかぶか》と森本《もりもと》くんに頭を下げた。

「きみにぼく以外の新しい友だちができたと思いこんで、やきもちをやいてしまったんだ」

「そんな、ぼくこそ秘密《ひみつ》にしててごめん」

ぼくたちはしばらくこうごに「ごめん」「ごめん」と頭を下げあっていたけれど、だんだん間隔《かんかく》が同じになって、いつの間にか「ごめん」の声が重なっていた。それが妙《みょう》にいいハーモニーで、どちらからともなくぷっとふきだす。

「やっぱり、ぼくたち気があうね」

あははと笑いあう。

「ねえ、今からぼくんちにきて、さっきのガイドブックいっしょに見ない？」

「えっ、森本《もりもと》くんの家、いってもいいの？」

おどろいてたずねると、森本《もりもと》くんはめがねをおしあげてうなずいた。

「うん。お姉ちゃんやお兄ちゃんたちの子どもがいてさわがしいけど、それでもよければ」

（え！　椎名《しいな》くん以外にもまだ甥《おい》っ子たちがいるんだ）

だから今まで家に呼《よ》んでくれなかったのか。

森本《もりもと》くんには、まだまだぼくが知らない秘密《ひみつ》がありそうだ。これからゆっくり教えてもらわなきゃ。

そう思っていたら、

「山内《やまうち》くん、なにぼけっとしてるの、早くいこうよ」

先に立って歩いていた森本《もりもと》くんが、ふりかえってぼくにいう。

それは、いつかのぼくが友だちにかけてほしかった言葉。

ぼくは、森本《もりもと》くんのひょろりとした姿《すがた》を目に焼きつけると、

「……うん！」

いそいであとを追いかけた。

遠ざかっていく関係

壁《かべ》の向こうのソラ

地《ち》図《ず》十《と》行《こう》路《ろ》

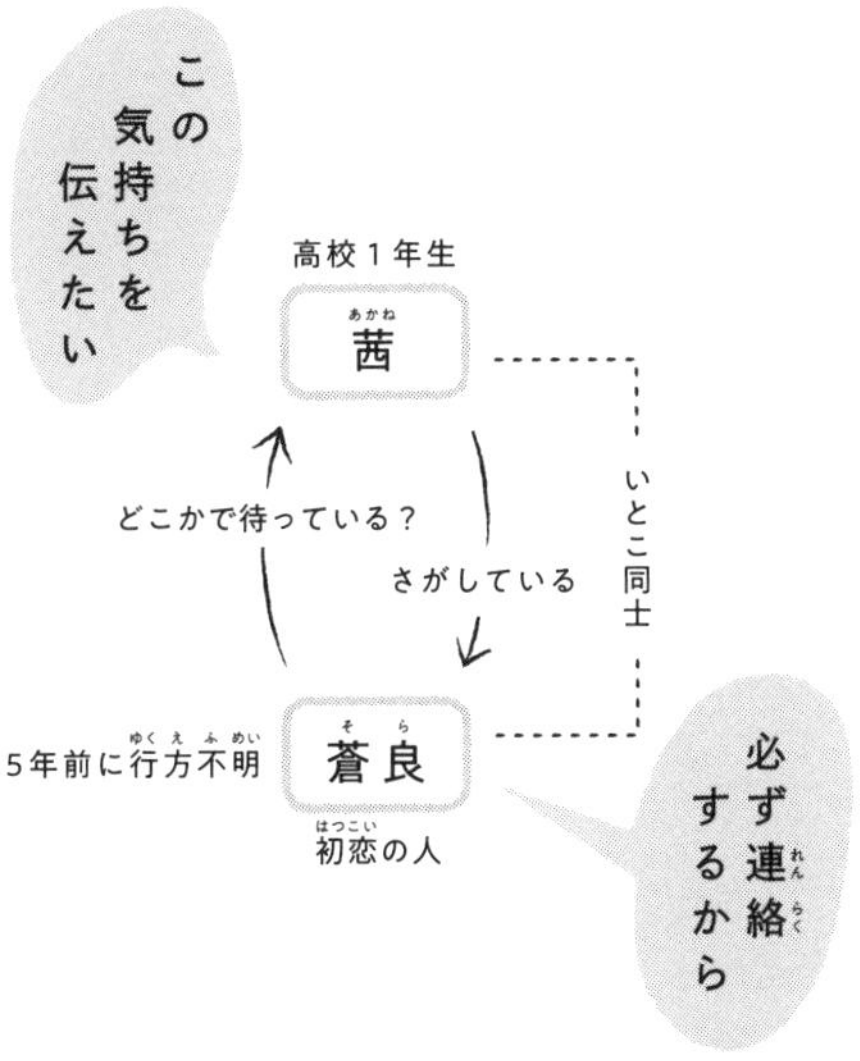

中学卒業と同時に実家をでて、あたしはこの街でくらし始めた。

いきたい高校が、家から遠いこの街にあったから——ってのは、表向きの理由。

ほんとの理由は、五年前に行方《ゆくえ》がわからなくなった、蒼良《そら》って人を捜《さが》すため。

蒼良《そら》は八歳《さい》年上の従兄《いとこ》で、あたしの初恋《はつこい》の人。

やさしくて面倒見《めんどうみ》がよくて、よくいっしょに遊んでくれたり、宿題教えてくれたり、いろんなとこにつれてってくれたりして、楽しい思い出をいっぱいつくってくれた人。

歳《とし》の差があるから、恋愛対象《れんあいたいしょう》として相手にされるわけないって、わかってたけど。

大人《おとな》になったら、この気持ちを伝えよう。

そう思いながら、あたしは片思《かたおも》いを続けてたんだ。

だけど蒼良《そら》は、高校を卒業してすぐ、あたしの前から消えてしまった。

蒼良《そら》は親とおりあいが悪くて、どうしても早く家をでたかったらしい。

そのときの蒼良《そら》には、お金も仕事もなかったけど。

「……って街に、困《こま》ってる若者《わかもの》を支援《しえん》するための、居住区《きょじゅうく》があるらしくてね。そこへいけば、仕事も紹介《しょうかい》してもらえるし、家賃《やちん》もいらないところに住めるっていわれたんだ」

家をでる前、こっそりあたしに会いにきた蒼良《そら》は、そういった。

「おちついたら、かならず連絡《れんらく》するから」

そう約束して、蒼良《そら》はいなくなった。

なのに——一年たっても、二年たっても、蒼良《そら》からの連絡《れんらく》はなかった。

のこされた唯一《ゆいいつ》の手がかりは、蒼良《そら》がいってた〈居住区《きょじゅうく》〉のある街の名前。

調べてみたら、その街には寮《りょう》のある高校があるってわかった。

そこであたしは、その高校に入るために猛《もう》勉強して、どうにか受験に合格《ごうかく》。寮《りょう》という住処《すみか》を手に入れて、この街でくらすことができるようになったってわけだ。

で——それから毎日、あたしはこの街で蒼良《そら》を捜《さが》してる。

こっちにうつりすんでから、かれこれ三か月くらいたって、今は六月下旬《げじゅん》。

こうして自転車で街を走りまわるのも、かなりつらい季節になってきた。

「……わ、黒猫《くろねこ》。全身暑そー。おいきみ、日かげに入りなー」

曲がり角の先にいたその猫《ねこ》は、左目が青色、右目が緑色の、オッドアイだった。

あたしは、昔うちで飼《か》ってた猫《ねこ》のことを思いだしながら――その猫《ねこ》は、青目と金目のオッドアイだったんだ――自転車を方向転換《てんかん》した。

人捜《さが》しとかしてると、縁起《えんぎ》とかジンクスとか、そういうのが気になって。

くだらないとは思うけど、黒猫《くろねこ》のいる道には、いきたくなかった。

黒猫《くろねこ》をさけてえらんだ道を、しばらく走ってぬけでると。

その先にあったのは、目の前に灰色《はいいろ》の壁《かべ》が高くそびえる、知らない場所だった。

コンクリートの殺風景《さっぷうけい》な壁《かべ》は、かなり向こうのほうまで、とぎれずにずっと続いてた。

その途中《とちゅう》に、街路樹《がいろじゅ》と植えこみにかくれるみたいにして、壁《かべ》にうめこまれた鉄《てつ》格子《ごうし》の扉《とびら》があった。

あたしは、自転車をおりて扉《とびら》に近づく。

でも、扉《とびら》にはびっしりつたのつるがからんでて、格子《こうし》のすき間は葉っぱですっかりふさがれてた。

扉《とびら》自体も、溶接《ようせつ》されてあかないようにしてあった。

壁《かべ》の向こうになにがあるのか。

ちょっと気になりつつも、あたしは扉《とびら》に背《せ》を向けた。

その瞬間《しゅんかん》。

かばんにつけてたチャームのボールチェーンが、つるに引っかかって、プチッとはずれた。

あたしはふり向いて、あわててチャームに手をのばす。

だけど、あせってたせいで――。

チャームをつかむつもりが、格子扉《こうしとびら》の向こう側に、はじき落としちゃったんだ。

「うそっ……！」

あたしは頭が真っ白になった。

あのチャームは……すごく、すごく、大切なものなのに！

さびた鉄格子《てつごうし》の前で、あたしは、泣きそうになって立ちつくした。

そのときだった。

格子扉《こうしとびら》にからみつくつたの葉っぱが、下のほうで、カサカサと音を立てた。

ハッと見下ろすと、葉っぱをかきわけて、小さな男の子が顔をのぞかせた。

格子《こうし》の向こうにあるその顔を、一目見て。

あたしは、呼吸《こきゅう》と心臓《しんぞう》が止まりそうになった。

その子は、蒼良《そら》に似《に》ていた。

昔の――写真で見たことのある、四、五歳《さい》くらいのときの蒼良《そら》に。

男の子を見つめながら、あたしの頭の中には、一つの可能性《かのうせい》がうかんでた。

まさか、もしや、ひょっとして。

この男の子は……蒼良《そら》の、子ども？

蒼良《そら》がいなくなったのは五年前だから、ギリギリありうる。あたしの知らない間に、蒼良《そら》が結婚《けっこん》して、子どもが生まれてて、その子が今これくらいの歳《とし》になっ

てたとしても、おかしくない。

そんなことを考えてたら。

男の子が、あたしの落としたチャームをさしだして、にこっと笑った。

あたしはぎこちなく笑い返して、格子《こうし》ごしにそれを受けとった。

ビーズ細工の猫《ねこ》のチャームを。

「ねえ。そのネコさん、なんで目の色がちがってるの？」

「ああ……それはね。うちで飼《か》ってた、ユキって猫《ねこ》がモデルだから。ユキの目は、ほんとにこんな色してたんだよ」

あたしが生まれる前から家にいたユキは、あたしが小学二年生のときに死んじゃった。

そのときあたしは、いなくなったユキの面影《おもかげ》を、なにかに残しておきたくて。

百円ショップで材料を買って、ユキの姿《すがた》のチャームを作ろうとしたんだ。

けど、ぜんぜん上手にできなくて。

もうイヤになって泣いてたら、見かねた蒼良《そら》が手伝ってくれて、それで完成したのがこのチャーム。

世界に一つしかない、大事な大事な、蒼良《そら》との思い出のチャームなんだ。

「なくさないで、よかったよ。本当に、ありがとね」

「どういたしまして。……ネコさんのおなまえ、ユキなの。……雪？」

「うん。真っ白な猫《ねこ》だったから」

「おねーちゃんは、雪、見たことある？」

「あるよー。前に住んでたとこは、今年の一月もつもったし。ここらへんは、降《ふ》らなかった？」

「わかんない。雪って、『ふゆ』にならないと、ふらないんでしょ？」

「……ん？　そうだねえ？」

なんか、会話がかみあってない感じ。子どもと話すのって、むずかしいな。

「あのさ、ところで」

あたしは、深呼吸《しんこきゅう》して話題を変えた。

「この壁《かべ》の向こうって、なにがあるの？」

「えっとねえ。おうちと、おにわ。あと、はたけと、おんしつ？　それから、ニワトリさんとウシさんとブタさんがいるとこ」

おうち——この壁《かべ》の向こうには、人が住んでるんだ。

じゃあ、やっぱり。ここが、蒼良《そら》のいってた〈居住区《きょじゅうく》〉？

「……きみの。お父さんに、会うことって、できる？」

ふるえる声で、あたしはたずねた。

でも、男の子は、うつむいて首を横にふった。

「だめ。そとの人とおはなししたの、おとなにばれたら、おこられる」

それを聞いて、あたしは少し考えてから。

「ねえ。このチャーム、きみがあずかっててくれない？」

蒼良《そら》がこのチャームを目にしたら、あたしがここにきたってことがわかるはず。

そしたら、なにかリアクションしてくれるかもしれない。

それを期待して、あたしは男の子にチャームを渡《わた》した。

寮《りょう》に帰ってから、あたしは灰色《はいいろ》の壁《かべ》にかこまれた場所のことを、ネットで調べてみた。

だけど、不思議なくらい、なんの情報《じょうほう》もでてこなかった。

☆

次の日も、あたしは灰色《はいいろ》の壁《かべ》の場所にやってきた。

街路樹《がいろじゅ》のかげですずみながら待ってると、しばらくして、鉄格子《てつごうし》のつたの葉が音を立てた。

昨日の男の子が、葉っぱをかきわけ顔をのぞかせる。

目があったとたん、その顔に、パアッと笑みが広がった。

「おねーちゃん。また、きてくれたんだ!」

思いのほかうれしそうな反応《はんのう》をされて、あたしはちょっと照れつつ笑い返した。

……ん? あれ?

なんだかこの子、昨日より、髪《かみ》が長いような――。

なんて、そんなわけないか。光の加減《かげん》かなにかで、そう見えるだけだよね。

「ねえ、きみ。お父さんに、なにか渡《わた》されたり、いわれたりした？」

「んー。えっとねえ。白いネコさん、おとしものいれにいれとけ、っていわれた」

「……そっか」

がっかりすると同時に、全身の力がぬけた。

蒼良《そら》――。この壁《かべ》の向こうに、いるんだよね？

チャームのこと、覚えてないの？

それとも……わかった上で、あたしに会いたくないの？

落ちこみながら、あたしはその日も、鉄格子《てつごうし》ごしに男の子と話をした。

男の子の顔を見てると、蒼良《そら》のことを思い出して、胸《むね》がしめつけられるけど。

それと同時に、心がなぐさめられる感じもして。

今日は、昨日よりゆっくりここにいたいなって思った。

でも、男の子のほうは、五分もたつとそわそわしはじめた。

「ぼく、そろそろ、おうちにもどらないと……」

「え、もう？　なんで？」

「んー。ここは、ここだけ、ちがうから」

「……？　ちがう、って？」

「えっとね。ここにいると、そとがふつうに見えるし、音もちゃんときこえて、だから、そとにいるおねーちゃんともおはなしできるの。でも、ここじゃないとこは、そうじゃなくて。だからね。あんまりながくここにいたら、ぼくだけ、みんなとちがっちゃうの。それで、すっごくながくここにいたら、みんなと、あんまりいっしょにいられなくなっちゃうの」

「……うーん？」

一生懸命《けんめい》、説明してくれてるってのは、わかるんだけど。

ごめんよ。あたしの理解力《りかいりょく》じゃ、なんのことといってるのかサッパリだ。

とりあえず、あたしは曖昧《あいまい》に笑ってうなずいた。

「わかったよ。きみが怒《おこ》られたりしたら、いやだしね。今日は、バイバイ」

「ん。……おねーちゃん。また、あいにきてくれる？」

「もちろん。また明日。このくらいの時間に、会えるかな？」

「……あした。……うん。――やくそく、だよ！」


約束どおり、次の日も、あたしは男の子に会いにいった。

男の子は、やっぱりすごくうれしそうな顔をしてくれた。

でも……その顔を見て、あたしは違和感《いわかん》を覚えた。

なんでだろう？　よくわからないけど、これも光の加減《かげん》なのかな？

「ねー。おねーちゃんは、なまえ、なんていうの？」

「あ、ああ。そういや、自己紹介《じこしょうかい》もしてなかったね」

気をとりなおして、小さく咳払《せきばら》いしたあと、あたしは名のった。

「あたしは、茜《あかね》。きみの名前は？」

「ぼくはー、ソラ！」

ドクン――と、心臓《しんぞう》がはねた。

え……？

どういうこと？

この子、蒼良《そら》と同じ名前……？

身内に同じ名前とか、ふつうつけないよね？

ああ。あたしの「茜《あかね》」って名前は、あたしが生まれたときには亡《な》くなってた、ひいおばあちゃんと同じ名前らしいけど。

そういうのならともかく……父親と同じ名前を、子どもにつけたりする？

この子は――本当に、蒼良《そら》の子どもなんだろうか？

☆

次の日からは、四日間、雨が続いた。

雨の日に自転車を使うのは大変だし、あの壁《かべ》の場所のあたりにはバス停《てい》もない。

しょうがなく、あたしはその四日間、寮《りょう》に閉《と》じこもってひまな時間を持てあましてた。

その翌日《よくじつ》は晴れたんで、またあの子に会いにいった。

あの子——ソラは、蒼良《そら》の子どもじゃないのかもしれない。

それでも、会うたび、あんなにうれしそうな顔してくれるから。

あたしも、あの子にまた会いたかったんだ。

けど、その日。

数日ぶりに会ったソラは、様子がおかしかった。

格子《こうし》にからまるつたの葉を、ソラはいつもより小さくかきわけて、あんまり顔を見せないようにしてるみたいだった。

「どうかしたの?」って聞いても、

「なんでもないよ」ってソラはいうだけだった。

でも……。

次の日も、その次の日も。

ソラは同じように、あんまり顔を見せなくて。

そんなときに、また雨が続いて、何日か会わない日があったあと。

つたの葉を小さくかきわけた向こうに、ほんのちらっとだけ見えたソラは、フードを目深《まぶか》にかぶってうつむいてた。

あたしは、たまらず理由をたずねてみたけど。

「……だって。……ぼく。……あれから、もう……」

って。すごく困《こま》った、泣きそうなソラの声が返ってきて。

それ以上は、なにも聞けなくなったんだ。

季節は、とっくに七月になってた。

☆

七月の間も、八月になっても、あたしは雨の日以外、かならずソラに会いにいった。

話ができる時間は、いつも五分くらいだったけど。

ソラはあれからも、一度もあたしに顔を見せることはなかったけど。

それでもソラは、別れぎわにかならず「またきてくれる？」って聞いてくるから。

ソラがあたしに「会いたい」って思ってくれるかぎり、あたしはその望みをかなえたかった。

だって……会いたい人に会えなくなるつらさは、よく知ってるからさ。

だけど、ソラの様子は、日がたつにつれおかしくなってくいっぽうだった。

顔を見せないだけじゃなく、そのうち、ささやくくらいのかすれた声でしかしゃべらなくなって、口数も少なくなっていった。

あたしは、もうなにも聞かなかったけど。

もしかしたら、ソラはなにかの病気なのかな、って思った。

そのころのソラは、あたしに「壁《かべ》の外」の話をよくせがんだ。

あたしのなんてことない話を、五分間、ソラはいつもうれしそうに聞いてた。

セミの鳴き声の中、かき消えてしまいそうな、かすれたあいづちを打ちながら。

あたしは格子扉《こうしとびら》に顔をよせて、そのあいづちを聞きのがすまいと、必死に耳をすましてた。

そんな日々《ひび》が、しばらく続いて――……。


八月も終わりかけになった、ある日。

いつもの場所にいったら、そこにいたのは、ソラじゃなかった。

格子扉《こうしとびら》の、いつもよりずっと高い位置で、ガサッとつたがかきわけられて。

その向こうから顔をだしたのは、あたしと同じ――十五歳《さい》、くらいの少年だった。

「はじめまして、茜《あかね》さん。ソラの兄の……俺《おれ》は、アオっていいます」

その顔を見た瞬間《しゅんかん》。

ソラに初めて会ったときの数倍、いや数十倍の衝撃《しょうげき》が、あたしをおそった。

その人は、蒼良《そら》に似《に》ていた。

あたしが知ってるころの蒼良《そら》に。

そう、ちょうど。あのビーズ細工の、ユキのチャーム作りを手伝ってくれたころの蒼良《そら》に、似《に》てたんだ。

「弟は……ソラは、体を悪くしてね。しばらくは、あなたに会える状態《じょうたい》じゃないんだ。それで、代わりに俺《おれ》が」

「えっ……ソラ、くん――そんなに悪いの!?」

「しばらく療養《りょうよう》してれば、大丈夫《だいじょうぶ》。『心配しないで』と伝えといてって、いわれたよ」

その人――アオは、やさしい顔で笑った。

あたしは、ソラのことが気になりながらも、彼《かれ》の笑みに心臓《しんぞう》がバクバクしてた。

「そういえば。茜《あかね》さんて、俺《おれ》、た、ち、の父さ、ん、に、会いたいの？　なんで？」

「え。ああ。……それは」

いきなりの質問《しつもん》に、あたしはハッと我《われ》に返った。

でも、そうだ。もともと、それがあたしの目的だったんだから。

……いいかげん、ちゃんと、たしかめておかないと。

そうしてあたしは、その場でアオにぜんぶ、事情《じじょう》を話した。

話を聞いたアオは、目をふせて、申し訳《わけ》なさそうにいった。

「残念だけど……あなたが捜《さが》してる人は、俺《おれ》とソラの父さんとは、別人だ」

「うん……だよね。あの人に、あんたみたいな歳《とし》の子どもが、いるわけないもん」

あたしは、力なくため息をついた。

こうして、蒼良《そら》の行方探《ゆくえさが》しは、ふりだしに戻《もど》っちゃったんだ。

それでもあたしは、次の日、また灰色《はいいろ》の壁《かべ》の場所にいった。

アオに、また会いたかったから。

格子扉《こうしとびら》の前で待ってたら、アオはその日もきてくれた。

あたしたちは、やっぱりその日も五分だけ、つたのからまる格子《こうし》ごしにおしゃべりした。

それがあたりまえみたいに、すごく自然に。
アオの声を聞くだけで、アオと目があうだけで、あたしは胸《むね》が苦しくなった。
蒼良《そら》とアオは似《に》てるけど、もちろんあくまで別人だ。
顔立ちの違《ちが》いとかもだけど、性格《せいかく》も。
蒼良《そら》はおだやかで明るい人だったけど、アオはどこかはかなげで、かげがある。
でも、そんなアオに、あたしはどうしようもなく惹《ひ》かれていった。
蒼良《そら》が近くにいたとき、あたしは幼《おさな》すぎて、告白《こくはく》なんてできなかった。
あたしが――あと八年早く、この世に生まれてきてたらよかったのに。
蒼良《そら》といっしょにいた間、何千回、何万回、そう思っただろう。
だから――。
ちょうど同じ歳《とし》くらいのアオが、こうして目の前に現《あらわ》れて。
あっという間に、こんなにも彼《かれ》に心《こころ》惹《ひ》かれた。
そのことが、もう、奇跡《きせき》みたいに思えて。
今度こそは、絶対《ぜったい》にこの気持ちを伝えるって、決意したんだ。

「好きだよ、アオ」

会話がとぎれて、蟬時雨《せみしぐれ》がふつっとやんだ束《つか》の間《ま》に、あたしはその言葉を口にした。

アオと出会ってから、三日目。

八月の終わりの日だった。

格子《こうし》の向こうで、アオが目を見開く。

その顔が、みるみるうちに赤く染《そ》まった。

しばらくの間、アオは歯を食いしばって、だまってた。

その表情《ひょうじょう》は、なにか、大きな決意を固めてるみたいに見えた。

それから――。

ようやく口を開いたアオは、こういった。

「明日は……外で、待ち合わせしない？　どこか、この壁《かべ》から遠く離《はな》れたところで」

☆

灰色《はいいろ》の壁《かべ》から遠く離《はな》れた、街の中心地にある駅の、駅前広場。
ここを待ち合わせ場所に決めて、昨日はアオと別れた。
今日は、格子《こうし》ごしじゃない、壁《かべ》の外にいるアオに会える。
それを思うと、なんだかすごくドキドキした。
だけど――。
約束の時間になっても、そのあと何時間待っても、アオはやってこなかった。
なんで……？
そっちから約束したのに、気が変わっちゃったの？
それとも……アオに、なにかあったんだろうか？
胸騒《むなさわ》ぎをかかえて、あたしは次の日、いつものあの場所にいった。
灰色《はいいろ》の壁《かべ》にうめこまれた、あかない格子扉《こうしとびら》の前に。

そこにもアオはいなかった——けど。

つたの葉の奥《おく》で、なにかがキラッと光った。

葉っぱをかきわけてみると、鉄格子《てつごうし》に、ビーズ細工のチャームが引っかけられてた。

ソラに渡《わた》した、白猫《しろねこ》のユキのチャーム。

そのオッドアイのビーズは、あたしの記憶《きおく》の中にあるよりも、なんだかやけに色あせてる気がした。

チャームのそばには、封筒《ふうとう》と、一枚《まい》のカードが、ビニール袋《ぶくろ》に入ってつるされてた。

封筒《ふうとう》をあけて、あたしは中身を読んでみた。

『茜《あかね》さんへ

もし、約束の日に会えなかったら、俺《おれ》のことは忘《わす》れてください。

そのときは、俺《おれ》がこの壁《かべ》の外への脱出《だっしゅつ》に、失敗したということだから。

この壁《かべ》の内側の、居住区《きょじゅうく》の住人は、外にでてはいけない決まりになってる。

外からうつり住んできた人も、俺《おれ》みたいに、壁《かべ》の内側で生まれた人間も。

この居住区《きょじゅうく》は、特殊《とくしゅ》な空間らしい。

ここは、植物や動物の、成長促進技術《そくしんぎじゅつ》の実験場だ。

俺《おれ》たち住人は、労働力であると同時に、実験体でもある。

どういうことかというと。

この壁《かべ》の内側では、時間が五十倍に加速して流れてるんだ。

つまり、加速エリアの中から外の世界を見ると、それは、うごくものの速さが

なにもかも五十分の一になった、スローモーションに見える。

逆《ぎゃく》に、外の世界から加速エリアの中を見たら、それは、五十倍速の早送りの映《えい》

像《ぞう》みたいに見えるはずだ。

ただ、格子扉《こうしとびら》のまわりのわずかな空間だけは、例外だけど。
あそこは、壁《かべ》の内側で唯一《ゆいいつ》、加速の作用を受けない場所なんだ。
壁《かべ》の外と時間の流れが同じになる、あの場所があったから。
俺《おれ》は外にいるあなたと、ああして話をすることができた。
けど、壁《かべ》の内側でくらす俺《おれ》は、基本的《きほんてき》には加速エリアの中にいないといけない。
だから、このままじゃ、俺《おれ》とあなたの時間はどんどんずれていってしまう。
壁《かべ》の外での一日は、居住区《きょじゅうく》での五十日。
いくらか計算ができる歳《とし》になって、その意味を理解《りかい》したとき。
俺《おれ》は「いつかこの壁《かべ》の外にでよう」と決めた。
あなたと、同じ時間の流れの中で、同じ速さで歳《とし》をとっていきたかったから。
たとえ俺《おれ》が、あなたにとって、蒼良《そら》って人の代わりにすぎなくても。
最後に。
嘘《うそ》をついていて、ごめんなさい。もう、気づいてるかもしれないけど。
「アオ」なんて人間は、最初からいなかったんだ。』

手紙を読み終わって、あたしは呆然《ぼうぜん》とした。
「アオ」なんて、いなかった。
あたしが「アオ」って呼《よ》んでたあの人は――……。
ソラ。
あなただったんだね。
この壁《かべ》の向こうの居住区《きょじゅうく》で、あなたは、あたしの五十倍の速さで歳《とし》をとってて。
成長して、姿《すがた》が、声が変わっていくのを、あたしに気づかれないようかくしてたんだ。
あなたが蒼良《そら》に似《に》てたのは、きっと、血のつながりがあったから。
でも、あなたは蒼良《そら》の子ども、じゃない。
だって――ソラと出会ったときにはもう、蒼良《そら》がいなくなってから、五年がたってた。
壁《かべ》の向こうでは、二百五十年が。
そんなのってないよ。

蒼良《そら》。もう一度、会いたかったのに。

とっくの昔に、間に合わなくなってたなんて。

でも……だからって。

アオ――ううん、ソラ。

あたしにとって、あなたは、蒼良《そら》の代わりってわけじゃない！

ああ。でも……でも――。

あたしは、封筒《ふうとう》といっしょにビニール袋《ぶくろ》に入ってた、一枚《まい》のカードを見つめる。

それは、居住区《きょじゅうく》への入居許可証《にゅうきょきょかしょう》、だった。

このカードは、ソラが入れたものじゃないだろう。

これをあたしに渡《わた》すなら、「俺《おれ》のことは忘《わす》れてください」なんて、手紙に書くはずない。

カードの差出人は、居住区《きょじゅうく》の管理者？　責任者《せきにんしゃ》？

ソラにもう一度会いたければ、壁《かべ》の向こうの住人になれ――そういいたいの？

どう、しよう。

ソラに、会いたい。ソラのそばにいたい。
もう、「間に合わなかった」って後悔《こうかい》は、したくない。
だけど……いったん居住区《きょじゅうく》の住人になったら、もう二度と、外にはでられない？
どうしよう。
どうしよう。
ああ。こうして迷《まよ》ってる間にも。
壁《かべ》の向こうにいるあなたの時間は、今もどんどんへり続けてる。
エンディングに向かって、五十倍速の早送りで流れていく映像《えいぞう》みたいに。

ほっとけない関係

いとしのナナ

松《まつ》素《もと》めぐり

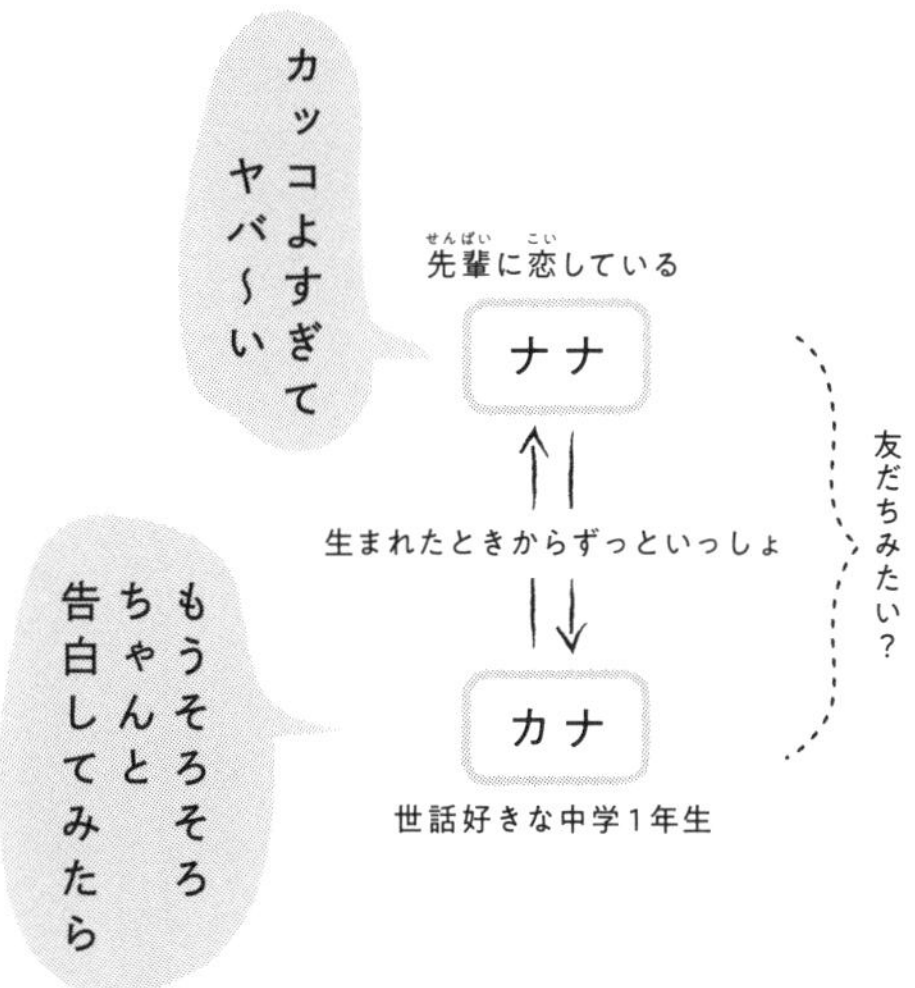
カッコよすぎてヤバ〜い
先輩《せんぱい》に恋《こい》している
ナナ
生まれたときからずっといっしょ
友だちみたい？
もうそろそろちゃんと告白してみたら
カナ
世話好きな中学1年生

「カナちゃ～ん、聞いてよ聞いてよぉ～！」

今朝《けさ》もナナは、ハイテンションだ。

こっちがドライヤーで髪《かみ》をかわかしていようと、歯みがきをしていようと、おかまいなしで話しかけてくる。

夜型《よるがた》で、朝はテンションの低いあたしとちがって、ナナは早起きだから、もうすっかりエンジンがかかってるんだろうけど、こっちはまだ寝起《ねお》きなので、なかなかの温度差がある。

でも、能天気《のうてんき》なナナはそんなことにはちっとも気づかず、しゃべり続ける。

話題はもっぱら、あこがれの「あの人」についてだ。

「でねでね、私《わたし》がそこでつまずいちゃったわけ。そしたらハルオミ先輩《せんぱい》がすぐにかけよってきてくれて、『大丈夫《だいじょうぶ》？』って支《ささ》えてくれたのぉ～！　すごくない⁉　これもう漫画《まんが》よ、漫画《まんが》！　少女漫画《まんが》の世界よぉ～～～！」

自分でしゃべりながら、そのときのことを思い出したらしいナナは「きゃ～～～っ！」と、ソファーのクッションに顔をうずめながら、「カッコよすぎてヤバ～

いっ！」とくぐもった声で叫《さけ》んでいる。

はー……、すごい。

今朝《けさ》のナナは、いつにもましてはしゃいでいる。これが「恋《こい》のなせる業《わざ》」ってやつなんだろうか。恋《こい》など、生まれてから十二年、一度もしたことがないあたしには、まったく理解《りかい》できない。

「そうだそうだ、ね～ぇ、カナちゃん。今日着てる、このワンピどう思う？ ちょっと派手《はで》すぎるかなぁ？ ハルオミ先輩《せんぱい》が、きみには明るい色が似合《にあ》うよっていってくれたからチャレンジしてみたんだけど、なれないから、なんか不安で～」

いつの間に買ったんだろう、よく見ると、たしかにかなり派手《はで》なワンピだ。

まったく、ナナって人は、単純《たんじゅん》なのか素直《すなお》なのか、人にすぐに影響《えいきょう》される。つい最近まで、白とか水色とか、清純派《せいじゅんは》っぽい服ばかり着ていたくせに、ハルオミ先輩《せんぱい》の一声で、一気にここまで「ギャル」っぽくなるとは……。

一度も会ったことはないけど、もしかしてハルオミ先輩《せんぱい》も、「ギャル男」っぽい感じなんだろうか。もしも、彼《かれ》とナナがつきあうことになったら、当然、あたしとも会う機会があるはずだけど。

ギャル男か……話あうかな……ちょっと心配。

「ね～ぇ、カナちゃんってばぁ～、聞いてるぅ？　このワンピ、どう思う～～？」

あたしは、ヤレヤレと息をはきながら答える。

「いやべつに、自分が気に入ってるならいいんじゃないの。そんなことよりもさぁ、ナナ」

興奮《こうふん》気味のナナの肩《かた》に、そっと手を置いた。

「朝の薬は？　ちゃんと飲んだの？」

「飲んだよぉ～。もう元気ぴんぴんだから安心してってばぁ～！　心配し～す～ぎ！　この間も、友だちにいわれちゃったよぉ。なんだかカナちゃん、あんたのお姉ちゃんみたいね～って」

「ほんとだよ。ったく、たのむから年下のあたしにこんな心配させないでよ……」

ナナは、体があまり丈夫《じょうぶ》ではない。だから一日三回の薬は欠かせないのに、うっかり、「あ、やば〜い、飲み忘《わす》れちゃったぁ！」なんてこともあるから、あたしは気が気じゃないのだ。

性格《せいかく》は真逆《まぎゃく》だし、ナナのこのテンションの高さにげんなりすることも多々《たた》あるけれど、生まれたときからずっとそばにいたナナは、やっぱりどうしようもなくいとおしい存在《そんざい》だ。だからこそ、過保護《かほご》だと思いつつも、あたしはこうしていちいち心配してしまう。

「ナナ〜、バスがきたわよ〜。カナもそろそろいきなさ〜い」

玄関《げんかん》からママの声が聞こえてきた。

「「はぁ〜い」」

あたしたちは、声をそろえていっしょに玄関《げんかん》へ向かった。外にでると、目の前にバスが停《と》まっている。

いいなぁ、ナナは。送迎《そうげい》バスだなんて、リッチでうらやましい。こっちは、学校まで徒歩で三十分もかかるのにさ。

先に乗っていたナナの仲間たちが、「おはよ～」と、中から手をふっている。校則《こうそく》のきびしいうちの学校とはちがい、ナナのところはなにもかも自由だ。みんな色とりどり、それぞれ好きなファッションを楽しんでいる。

ナナが乗りこむと、車内からすぐにわいわいとにぎやかな声があふれてきた。

「あ～、その服、初めて見た～。かわいい～！」

「ちょっと派手《はで》すぎないかなぁ？」

「いいよいいよ、すごい似合《にあ》ってる～！　ハルオミ先輩《せんぱい》も、かわいいっていうんじゃない？」

「ちょっともう～、やぁだぁ～～～～っ！」

赤い顔をして、バシバシと仲間の肩《かた》を叩《たた》くナナを乗せて、バスは出発した。

あたしとママは「ナナってば、マジでうかれてるね……」と首をすくめながら、みるみる小さくなっていくバスを、手をふって見送る。

角を曲がり、すっかり車体が見えなくなると、ママがふっていた手をゆっくりと下ろしてつぶやいた。

「まあでも、ナナの笑顔が戻《もど》って、ほんとによかったわ。一時はどうなることかと思ったから」

「だよね、うん……」

あたしも静かにうなずく。

「ほんと安心したよ。ナナがやっと元気になって――」

ナナは、根っからの明るい性格《せいかく》だ。世間でいうところの、いわゆる「パリピ」って人種なのかもしれない。

でも二年前、その笑顔がすっかり失われるほどの悲しい出来事が起きてしまった。

ナナの初恋《はつこい》の人であり、ずっと恋《こい》をしていたユウジが病気になり、一年間の闘《とう》病《びょう》の末、ついに亡《な》くなってしまったのだ。

ユウジはおだやかで、とてもやさしい人だった。おしゃべりなナナの話をいつもニコニコ聞いていて、ああ、ユウジもナナのことが大好きなんだなぁと、そばで見ているあたしにまで、その愛情《あいじょう》が伝わってきたほどだった。

いつもピッタリとよりそい、腕《うで》を組んで歩く二人は、近所でも目立つ存在《そんざい》となっていた。

「ほんとラブラブねぇ～」と、ひやかされることもしょっちゅう。もはや、だれもが認《みと》める「名物カップル」と化していた。

だけど、ナナのとなりに、愛するユウジはもういない。

「ずっとずっといっしょにいようねって、約束してたのに……！」

ナナはショックで激《げき》ヤセし、ただでさえすぐれない体調が、ますます不安定になってしまった。食事もろくにとらず、部屋にこもって泣いてばかりの日々《ひび》。

あたしもママも、ナナのあまりの落ちこみように、どうしていいか、どう声をかけたらいいのかさえわからなかった。

永遠《えいえん》に続くと思われるほど、暗く悲しい時間。もう二度とナナの笑顔は見られないんじゃないか――そうあきらめかけたこともあった。

だけど、ナナは復活《ふっかつ》した。

はじまりは、ママが見つけた新しい学校。

「送迎《そうげい》バスで家の前まできてくれるのよ。校舎《こうしゃ》もきれいだし、食堂《しょくどう》もおしゃれなの。ねぇ、行ってみない？」

最初は、「そんな元気ない」と否定的《ひていてき》だったナナだけど、「とりあえず一日だけでも」とママに説得《せっとく》され、しかたなく行った初日に――ハルオミ先輩《せんぱい》と出会った。

ユウジをどれだけ好きだったか、今がどれだけさみしいか、不思議と、ハルオミ先輩《せんぱい》にならら、ナナはなんでも話せたそうだ。

次の日も、その次の日も、ナナはハルオミ先輩《せんぱい》に会いたくて、学校にいくようになった。会話を重ねていくうちに、ひえきっていた心に、まるで春の日がさしこんだような気がしたらしい。

そしていつのまにか、ナナは本来の自分をとり戻《もど》していた。

新しい恋《こい》が――ハルオミ先輩《せんぱい》との出会いが、ナナにもう一度、笑顔をよみがえらせてくれたのだ。

「カナちゃ～ん、聞いてよ聞いてよぉ～！」

放課後。あたしが学校から帰ってくると、もうすでに帰宅《きたく》していたナナが待ちかまえていた。

うっとりとした顔で、さっそく「本日のご報告《ほうこく》」を始める。

「ハルオミ先輩《せんぱい》がね、会ってすぐにワンピースをほめてくれたの。明るい色が似《に》合《あ》うねぇって～～！　きみといっしょにいるだけで、元気もらえるよ～、だって～～！」

「はいはい、それはよかったねぇ。幸せそうでなによりだよ」

「でもねぇ、明日からほら、私《わたし》の学校、夏休みに入るでしょ？　しばらく先輩《せんぱい》に会えなくなっちゃうから、なんだかさみしくって……」

「え～？　だったら夏休みも会えばいいじゃん。デートしませんか？　って声かけてみたら？」

「やだ、カナちゃんったら～。さすがにできないよぉ、そんなこと」

「なんで？」

「なんでって……。とにかくそれは無理なの」

ナナはめずらしく、キッパリとそういった。

でも、あたしにはまったく意味がわからない。

話を聞いているかぎり、ハルオミ先輩《せんぱい》も、あきらかにナナのことが好きっぽいのに、なんで「無理」なわけ？　学校でしか会えないなんて、これじゃあいつまでたっても、「少女漫画《まんが》の第一話」って感じのままじゃないか。

なんだか無性《むしょう》にじれったくなってきた。毎日話を聞いている身としては、いいかげん、「第二話」に進んでほしい。

「ねぇ、ナナ。そんなこといってないで、もうそろそろ、ちゃんと告白《こくはく》してみたら？」

「ええっ！　こ、告白《こくはく》ぅぅぅ!?」

あたしの提案《ていあん》に、ナナは目を丸くした。

「やだカナナちゃんったら。私《わたし》、告白《こくはく》だなんて、そんなこと考えたこともなかったわよぉ～～～！」

「なんでよ。だって好きなんでしょ？」

「そうだけどぉ。いや、もちろん、そうなんだけどさぁ～……」

ナナは急に口ごもり、リビングの窓側《まどがわ》に視線《しせん》を向けた。そこには、ユウジとナナの、腕《うで》を組んでいるツーショット写真がかざってある。

「告白《こくはく》だなんて……」

ナナは、目をふせてつぶやく。

「それはさすがに、ユウジに申し訳《わけ》ないでしょう……」

「ええっ!?」

あたしはびっくりして、思いっきり目をパチクリしてしまった。

「ナナってば、そんなこと思ってたの!?」

今までさんざん「ハルオミ先輩《せんぱい》ラブ～！」と、ノリノリで恋《こい》バナをしてきたのに……!?

まるであたしの心が読めたかのように、ナナは、急に落ちついた口調になっていった。

「あのねぇ、カナちゃん」と、あたしの目を見ていった。

「恋《こい》の話をカナちゃんにするのと、実際《じっさい》に本人に告白《こくはく》をするのはぜんぜんちがうでしょ。私《わたし》はね、どんなにハルオミ先輩《せんぱい》が好きだとしても、自分の気持ちだけは伝えないって、最初から心に決めてたのよぉ」

「え～～～！　なにそれぇ」

「だって、きっとユウジが悲しむもん……」

急にだまってしまったナナの横顔を見ながら、あたしの頭の中に、いつかの言葉がよみがえった。

（カナちゃん、お願いがあるんだ）

あれは、ユウジが亡《な》くなる一か月前。ナナといっしょにお見舞《みま》いにいったときのことだ。ちょうどトイレにいっていてナナが席を外したすきに、ユウジがあたしにいったのだ。

（僕《ぼく》がいなくなったら、ナナはたぶん、すごく落ちこむと思うんだ。だけどね、悲しみを乗りこえたときに、ナナはきっとまただれかに恋《こい》をすると思うんだよ……）

そんなまさか。ナナがユウジ以外の人を好きになるわけないじゃない！

あたしはそのときすぐにそういったけど、ユウジは笑いながら首を横にふって、

（どうかな、それはわからないよ。それに、むしろ僕《ぼく》は、ナナにはこれからも恋《こい》をしてほしいな。その相手が、自分じゃなくなってしまうのは、残念ではあるけれど、それよりもナナがだれかを好きになって、輝《かがや》いていてくれるほうが、僕《ぼく》はずっとずっとうれしいから。だからね、カナちゃん……）

ユウジは、病気でもうすっかり細くなってしまった声で、あたしに伝えた。

（ナナが新しい恋《こい》に臆病《おくびょう》になっていたら、伝えてあげてほしいんだ。僕《ぼく》は君の恋《こい》を心から応援《おうえん》しているからね、なにも気にせずに、前に進んでいいんだよ、って

——）

ユウジの伝言は、あたしの心に深く響《ひび》いた。

わかった、わかったよユウジ。もしもナナが恋《こい》に臆病《おくびょう》になっていたら、必ず伝えるからね。ちゃんとあたしが、背中《せなか》をおすから——。

——と、あたしはすっかり気負《きお》っていたのだけど、ナナはハルオミ先輩《せんぱい》を好き

になり、毎日、ルンルンで恋《こい》バナをしてくるようになって……。

えーっと、あれ……？

思っていた展開《てんかい》とだいぶちがうぞ。

あたしは心の中で、（すみませ〜ん！）と、天国のユウジに何度も話しかけた。

（ナナってば、恋《こい》に臆病《おくびょう》になんて、ちっともなってないみたいよ。だから、伝言しなくて大丈夫《だいじょうぶ》そうかも……！）

ユウジが、「ああ、なんだそっか！　それならそれでいいけども！」と、笑いながらズッコケている画《え》を想像《そうぞう》しながら、とりあえず伝言は、あたしの心の中に、大事にしまっておくことにした。

だけど、どうやら今こそ、その、しまいこんでいた言葉を引っぱりだすときのようだ。

「ナナ、あのね」

あたしは息を吸《す》って、ナナの肩《かた》に手を置いた。

「ユウジがね、もしも、ナナが恋《こい》に臆病《おくびょう》になっていたら、そのときに伝えてねって、あたしにいってたことがあって……」

　ユウジのやさしい表情《ひょうじょう》を思い出しながら、精一杯《せいいっぱい》心をこめて、ナナに思いを伝える。

「『僕《ぼく》は君の恋《こい》を心から応援《おうえん》しているからね、なにも気にせずに、前に進んでいいんだよ』って」

「えっ……」

　ナナの目が見開いた。

「ユウジが、カナちゃんにそんなことを……？」

「いってたよ。ナナがだれかを好きになって、輝《かがや》いていてくれるほうが僕《ぼく》はうれしいんだ、って」

　だからさ、とあたしはナナの背中《せなか》をぽんっと叩《たた》いた。

「申し訳《わけ》ないとかそんなこといってないで、ハルオミ先輩《せんぱい》にちゃんと気持ちを伝えようよ！　ユウジも応援《おうえん》してくれてるんだからさ！」

　ね！　とダメ押《お》しで力強くいうと、ナナはしばらくジッと写真を見つめた。

「ユウジったら……」

目をほそめ、ぐすんとはなをすすって、目尻《めじり》ににじみでた涙《なみだ》をぬぐう。

「そっか、うん……、そうだよね」

やっと覚悟《かくご》を決めて、ナナが顔をあげた。

「ありがとうカナちゃん！　私《わたし》、勇気をだして、まずはちゃんと、先輩《せんぱい》に気持ちを伝えてみる！」

「よし、そうこなくちゃ！　さあ、先輩《せんぱい》に連絡《れんらく》して！　まずは公園とかに呼《よ》び出そうよ！」

うん！　と、ナナは勢《いきお》いよくスマホを手にとって、

「あ～、でもそうだ、ダメなのよぅ」

と、急に思い出したように眉根《まゆね》をよせた。

「ハルオミ先輩《せんぱい》、スマホ持ってないんだってぇ」

「えっ、そうなの？　じゃあ家電《いえでん》にかければ？」

「うーん、それがねぇ、ふりこめ詐欺《さぎ》の電話がかかってきたら嫌《いや》だからって、家

電も解約《かいやく》しちゃったらしくて～」

「ええええ……」

　結局、だいぶ古風な感じだけど、ナナは手紙を書いて送ることにした。

『ハルオミ先輩《せんぱい》へ　お話ししたいことがあります。土曜日の朝六時に、南《みなみ》公園のベンチで待っています』

　ノリは軽いナナだけど、書道を習っていただけあって達筆だ。流れるような丁《てい》寧《ねい》な字。これを見ただけでも、ハルオミ先輩《せんぱい》、ドキッとしちゃうんじゃないかな。

　ニヤニヤするあたしの横で、ナナは早くも緊張《きんちょう》している。

「先輩《せんぱい》、ちゃんと読んでくれるかなぁ。きてくれるといいんだけど……！」


　そして、やってきた土曜日。

「ねぇねぇカナちゃ～ん、この服どう思う～？　たかが公園にいくのに、はりきりすぎかなぁ～」

　あざやかな黄色のシャツに濃《こ》い緑のスカート。

正直、あたしなら絶対《ぜったい》しない派手《はで》な組み合わせだけど、

「いいんじゃないの。一世一代の告白《こくはく》の日なんだから」

そう返すと、ナナが声をたてて笑った。

「そのいい方、なんか大げさ～！」

はじけたように笑うナナは、服装《ふくそう》の色合いも相まって、まるでひまわりみたいだ。ユウジが好きだった笑顔は、そうそう、これなんだよなぁ――なんて、あたしはしみじみと思う。

はずかしいからこないでよぉ、といわれたけど、あたしと――ついでにママも、どうしても気になって、こっそりとナナの後をつけて、公園まできてしまった。

待ち合わせの六時まで、あと十分。ナナはすでに、ベンチに座《すわ》っている。

「見て見て、ナナってば、かなり緊張《きんちょう》してるよ」

向かい側の木かげに身をひそめながら小声で言うと、ママもくすくす笑いながらうなずいた。

「ほんとわかりやすいわよね。それにしても、ハルオミ先輩《せんぱい》って、どんな人なの

かしら」

「気になるよねー。ねぇ、ママどうする？　めちゃくちゃノリの軽いギャル男だったら。『ど～もっ、ハルオミでぇす！　シクヨロ～』みたいな」

ママが吹《ふ》きだしそうになったので、「ナナにバレるバレる！」と必死でその口を押《お》さえる。

こんな時間に、公園の木のかげでコソコソしているあたしたちを、「なにやってんだか……」とでもいいたげな表情《ひょうじょう》で、通りすがった黒猫《くろねこ》が見てきた。見かけない猫《ねこ》だ。左がブルー、右がグリーン。へぇ、めずらしい。左右で目の色がちがう。

猫好《ねこず》きのママが「おいでおいで」と手をのばしたけれど、猫《ねこ》はさっと身をかわして、逃《に》げるようにいってしまった。

そんなこんなで、あっという間に、六時まであと二分。

「おかしいな。ハルオミ先輩《せんぱい》、こないね……」

あたしは心配になって、公園の時計を見る。

もしかして、手紙を見てなかったりして――と不安がよぎったそのとき。

「あっ……！」

公園の入り口に、人影《ひとかげ》が見えた。

杖《つえ》をつきながら歩いてくる、帽子《ぼうし》をかぶった、おじいさん。足どりはゆっくりだけど、背筋《せすじ》はぴんとのびていて、あざやかな青いシャツがよく似合《にあ》っている。

ナナが立ち上がった。

「ハルオミ先輩《せんぱい》！」

ナナのうつくしい白髪《はくはつ》が、朝の光できらりと輝《かがや》く。

「やあ、おはよう」

杖《つえ》を軽くあげたおじいさんの顔にも、木々《きぎ》の間から朝陽がさしこんだ。目尻《めじり》によったシワ。なんだかこっちまで自然と笑顔になってしまうような、それはそれはもう、あたたかい笑顔だった。

「……やさしそうな人だね」

「ほんとね、安心したわ」

ハルオミ先輩《せんぱい》に向かって、とびはねんばかりに手をふっているナナを見ながら、ママが笑う。

「しかし、わが母ながら、いくつになっても、ほんっと少女みたいな人よねぇ」

「おばあちゃん扱《あつか》いされるの、一番嫌《きら》いだしね」

「そうそう。デイサービスだって、施設《しせつ》の名前が『レニア・スクール』だったから、通ってもいいってなったけど、そうじゃなかったらいかなかったと思うわよ。でもまさか、喋《しゃべ》り方まであんなにギャルっぽくなるとはねぇ、びっくりよ」

「ああ、あれね。もうなれちゃったけど、若《わか》い職員《しょくいん》さんの口調がうつっちゃったんだっけ？」

「そうそう、ナナって、すぐ影響《えいきょう》されるから。カナが生まれたときもそうよ。イギリス人のお友だちが近所にいてね、その人が孫から『nana《ナナ》（英語でおばあちゃん）』って呼《よ》ばれていたのよ。そしたら、じゃあ私《わたし》も、カナちゃんには『ナナ』って呼《よ》んでもらう〜、っていいだして」

「うわ〜！　ナナらしいわ〜〜」

ベンチでは、ほおを赤く染《そ》めたナナと、笑顔のハルオミ先輩《せんぱい》が、二人仲良く並《なら》んでいる。

「ユウ爺《じい》も、天国でホッとしてるだろうね」

「そうねぇ。ちょっぴりやいてるかもだけど」

朝六時の、公園のベンチ。

ナナ、七十五歳《さい》と、ハルオミ先輩《せんぱい》、八十歳《さい》。

初デートは、今、始まったばかりだ。

契約《けいやく》いじめの関係

それでも地《じ》獄《ごく》で息をする

にかいどう青《あお》

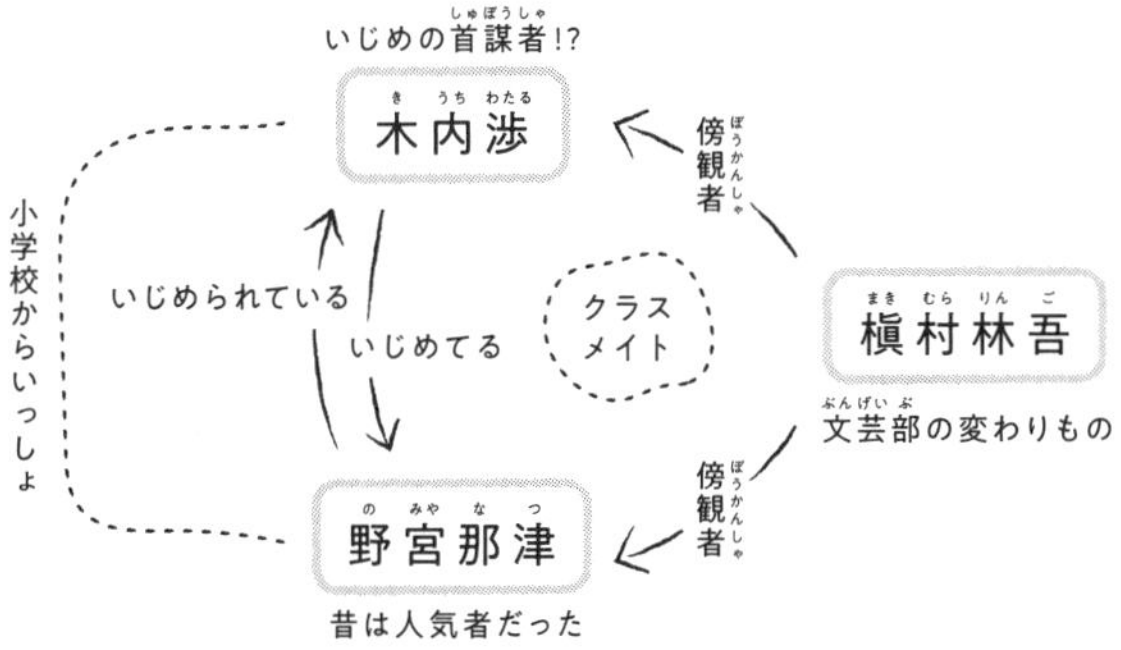

九月になっても夏休みの延長戦《えんちょうせん》みたいにくそ暑い今日このごろ、みなさんいかがおすごしですか？　おれは今、制服《せいふく》のままプールに落ちて、黒猫《くろねこ》に見下ろされています。見下ろされていますっていうか、見下《みくだ》されています。

右目が緑で、左目が青い黒猫《くろねこ》だ。

「なに見てやがる」

プールサイドにいる猫《ねこ》はおれをバカにするみたいにくすんと鼻を鳴らした。

まわりにはノートや教科書、リュックが浮《う》いている。網《あみ》で回収《かいしゅう》しようとしたら失敗してこのざまだ。

「ナツ、落ちちゃったよ」

笑い声がするほうを見ると、フェンスの向こうにワタルと仲間の四人がいた。

木内渉《きうちわたる》。クラスメイトだ。小五から中一の現在《げんざい》までずっと。

日に焼けた連中にかこまれて、ワタルだけ絹《きぬ》ごし豆腐《どうふ》みたいに白い。けわしい顔で、おれを見ている。

アホどものひとりが持ちこみ禁止《きんし》のスマホをかかげていた。動画にでもとられているのかと思うと胸《むね》がざらつく。

おれは奥歯《おくば》をかみしめ、自分の荷物をプールサイドに放り投げていった。

びちゃ。びちゃ。どちゃ。

「おいそこ！　なにしてる！」

「やべ、三島《みしま》だ」「逃《に》げろ」「早く！」

体育教師《きょうし》の登場で、ワタルたちは逃《に》げていく。残されたのは、おれと黒猫《くろねこ》だけ。

「野宮《のみや》？　おまえ、なんだ、どうした？」

「あー、ふざけてリュック投げしてたらプールまで飛んでっちゃって、回収《かいしゅう》しようとしたら落ちちゃいました。勝手に入ってすんませんした」

適当《てきとう》にいってプールからあがると、ざばーっと水が広がった。ぬれた制服《せいふく》が重い。黒猫《くろねこ》は水たまりをよけると、またひとつ鼻を鳴らし、その場から離《はな》れていった。


九月も半《なか》ばをすぎたのに夏の忘《わす》れ物みたいにくそ暑い今日このごろ、みなさんいかがおすごしですか？　おれは今、男子トイレでとほうにくれています。「とほうにくれる」と辞書で引いたら「野宮那津《のみやなつ》のこと」と書いてあるくらいとほうにくれています。

「ガチかおい。どーすんだ、これ」

知らないうちに行方《ゆくえ》不明となっていた自分の体操着《たいそうぎ》（上下）をトイレの個室で発見してしまったおれの心情を察してくれ。

「あっれー、ナツじゃん。なにしてんのー？」

いつもの連中が、タイミングをはかったみたいに男子トイレに入ってくる。へらへら笑いやがって、あっれー、じゃねえわ。

そんなか、ワタルだけが無言でおれを見ている。なみなみと感情《かんじょう》をたたえたその瞳《ひとみ》をうけとめきれなくて、おれは視線《しせん》をそらした。口のなかが変に苦い。

「おい、なに無視《むし》してんだよ」

アホ男子Aにこづかれたので、ふり返って正面から見つめる。

「おまえの息、ドブのにおいがするから話しかけんな」

「なっ、なにイキってんだ、ナツ！」

そのとき、ぎい、と音がして、ドアが開かれた。

ねむたげな顔の槙村林吾《まきむらりんご》が入ってくる。黒いメガネをかけ、いつも寝《ね》ぐせをつけているクラスメイトだ。

ふつう、こういうときは見なかったことにして立ち去るものだろう。だけど、リンゴは平然と小便器《しょうべんき》の前に立った。ふー、とかひと息ついちゃってるし。

トイレ内は静寂《せいじゃく》につつまれる。連中は気まずそうに「行く？」「だな」と確認《かくにん》しあうと、ぞろぞろ出入り口のドアに向かった。

その一瞬《いっしゅん》――ふり返ったワタルと目があう。

さっきはそらしてしまったけど、今回は見つめ返してやる。すると今度は向こうが視線《しせん》を外した。勝った、と思った。いや、なににだよ、とも思ったけど。

「野宮《のみや》くんて」

「うお」

いつのまにかリンゴが背後《はいご》に立っていたのでおどろいた。

すでに手も洗《あら》いおえたらしく、ハンカチでふいている。

「木内《きうち》くん一派《いっぱ》ともめてるんですか？」

なんで同級生に敬語《けいご》だよって感じだけど、リンゴは基本《きほん》だれにでも敬語《けいご》だ。

「べつに」

「そうですか」うなずき、おれの体操着《たいそうぎ》へ目をやる。「これは木内《きうち》くん一派《いっぱ》が？」

「知らね。風で飛ばされたのかも」

「屋内でその説を採用《さいよう》するのは無理があると思います」

リンゴは掃除《そうじ》用具入れを開けると、ポリ袋《ぶくろ》をとりだした。そいつに手を入れ、手袋状態《てぶくろじょうたい》にして体操着《たいそうぎ》を回収《かいしゅう》していく。

「あ、悪い。自分でやる」

「かまいません。念のため、これはよく洗《あら》うことを推奨《すいしょう》します。酸素系漂白剤《さんそけいひょうはくざい》を使うと色落ちせず除菌《じょきん》できますよ。温水を使うと効果的《こうかてき》です」

というか、こいつ、めっちゃふつうに話しかけてくるのな。

「ふーん。あとで母親に聞いてみる」

いや今日はパートか。変に質問されたくないし、ひとりでなんとかしよう。

「そういえば」

リンゴはワタルたちがでていったドアを見やる。

「木内《きうち》くんのお母さまはご病気で入院中だそうですね」

「……らしいな」

そう答えると、リンゴがこちらに視線《しせん》をもどした。

「ご存《ぞん》じでしたか。そうか、おふたりは同じ小学校でしたね。というか、よそのご家庭についてこそこそ話すのもよくありませんね。口がすべりました。お忘《わす》れください」

それだけいうと、リンゴは入ってきたときと同じく、ぬるっとでていった。

リンゴの助言にしたがって、酸素系漂白剤《さんそけいひょうはくざい》とやらを棚《たな》からさがしだして洗濯《せんたく》してたら、予想より早く母が帰宅《きたく》した。

「どうしたの？　自分で洗濯《せんたく》なんてめずらしい」

「よごれたからちょっと。体操着《たいそうぎ》、あしたも必要だし」

プールに落ちたときも自分で洗《あら》ったのだけど、わざわざいわない。

洗濯機《せんたくき》のそばに立っていたおれは、脱衣所《だついじょ》の洗面台《せんめんだい》を母にゆずった。

帰ってすぐにメイクを落とす習慣《しゅうかん》の母は、前髪《まえがみ》をヘアバンドであげ、オイルをしみこませたコットンを顔にあてる。

「それよりさ、ノート必要だからお金ほしいんだけど」

「また？」

鏡ごしに目があった。と思ったら母がふり返る。

「まさか、ゲームに課金とかしてないでしょうね？」

「ほんとにノート買うんだって。息子《むすこ》をうたがうなよ」

おれを見つめる母のほおやおでこが、オイルでてかてか光っていた。

「ナツ、近ごろ帰ってくるの早いよね？　土日も家にいるし。もしかして」

ひと呼吸《こきゅう》おいて、母はつづけた。

「学校でなにかあった？」

なにかってなに？　ノートや教科書をプールに捨《す》てられたり、体操着《たいそうぎ》をトイレで発見したり？

「べつに。仲いいやつらとクラスわかれて、おれ部活入んなかったから、微妙《びみょう》にタイミング合わないだけ。ふつうだって」

「ならいいけど。ノート代はだすから、ちゃんと勉強してね？」

少し涼《すず》しくなったと思ったらいきなり朝とか寒くて、え、秋は？　ととまどう今日このごろ、みなさんいかがおすごしですか？　おれは今、文芸部の部室におじゃましています。……なぜに？

「どうぞ。ミントティーです」

文芸部員のリンゴが水筒《すいとう》の中身を注いだカップをおれの前に置いた。

「ああ、うん。……さんきゅ」

昼休みがはじまり、図書室にいこうとしてたら「お時間いただけませんか？」と声をかけられ、あまりおれといるところを見られないほうがいいんじゃね？

とは思ったんだけど、リンゴならキャラ的に平気かなって気もして、ついてきたらここだった。

長机《ながづくえ》がひとつあり、たたまれたパイプイスが数脚《きゃく》、壁《かべ》に立てかけられている。あとはスチール製《せい》の本棚《ほんだな》。大きな段《だん》ボール箱も床《ゆか》に置いてある。棚《たな》に入りきらなかった本がしまってあるんだろう。

「で、なんの用？　文芸部の勧誘《かんゆう》？」

正面に腰《こし》を下ろしたリンゴに問いかける。

「文芸部は慢性的《まんせいてき》に人員不足ですので、野宮《のみや》くんに入ってもらえたらうれしいですけど、声をかけたのは別の理由からです」

カップに口をつけたリンゴのメガネが一瞬《いっしゅん》くもる。

「野宮《のみや》くんの現状《げんじょう》を変えたいと思いまして」

「なんだそれ」

「現在《げんざい》、野宮《のみや》くんは木内《きうち》くん一派《いっぱ》に目をつけられていますよね？」

おれは窓《まど》の外を見た。

「トイレでのことは助かった。感謝《かんしゃ》してる。でも、よけいなことすんなよ」

「よけいなこと」

「まきこまれたくないだろ？　おれはべつにこのままでいいんだ」

「このままがいいんだ、みたいにいいますね」

リンゴに視線《しせん》をもどす。

「おまえに、なにがわかんだよ」

「野宮《のみや》くんっていじめられるタイプには見えないので、ふしぎだったんです。スポーツもできますし、なによりイケメンじゃないですか」

「まあな」

「謙遜《けんそん》しない野宮《のみや》くん、すてきです」

リンゴがめずらしく笑った。けどすぐに、いつものぼんやり顔にもどる。

「ですから少しばかり成績《せいせき》が悪くても、スターの条件《じょうけん》は満たしていると思うのです」

「おまえ、ナチュラルにディスってくるのな」

「それで調べてみました」

「調べたって?」

「小学生時代の野宮《のみや》くんについてです」

おれはリンゴをにらみつける。でもリンゴは気にせずつづける。

「何人かに話を聞いてびっくりしました。同時に、しっくりくるとも思いました。野宮《のみや》くんはクラスの人気者だったそうですね。それから――」

一拍《いっぱく》おいて、リンゴはいう。

「木内《きうち》くんをいじめていたとか」

だれかが廊下《ろうか》をかけていく音がした。

「みんなの前で笑いものにしたり、飲み物を買いにいかせたり、下校時にランドセルを運ばせたり。野宮《のみや》くんのマネをして、みんな木内《きうち》くんを軽くあつかっていたと聞きました」

べつに、いじめているつもりはなかった。ワタルは困《こま》ったような顔をしながらも、いつもおれの要求にこたえていた。本当にイヤならいえばいい。いわないのだから、そこまでじゃないんだろうと思っていた。ワタルは地味でつまらないやつだったから、おれといられて、それがうれしいんだと思っていた。

ほんと、おれは、救《すく》いようのない、アホだった。

「だけど、木内《きうち》くんが反撃《はんげき》にでたそうですね」

ある朝、登校すると、おれの机《つくえ》がチョークの粉《こな》でよごされていて、教室が騒然《そうぜん》となった。それがはじまり。つぎにおれのうわばきがゴミ箱に捨《す》てられ、教科書がやぶかれ、ロッカーから給食の残りのパンがでて……いや最後のはおれがふつうに忘《わす》れただけだな。

「おれはくそ野郎《やろう》だったんだよ。だから、ワタルには報復《ほうふく》する権利《けんり》がある」

「なるほど。だから現状《げんじょう》をうけいれていると」

そこでリンゴは首をかしげた。

「でも、それ、本当に木内《きうち》くんのしわざでしょうか?」

「……どういう意味だよ?」

「ぼくの知っている彼《かれ》は、やはりそういうことをするタイプではないものですから」

「なら、あれだ。ほかの、元々《もともと》おれにむかついてただれかがやったんだろ。それにワタルも乗っかったんだ」

「そちらのほうがありそうですね。ところで、その野宮《のみや》くんに反感を抱《いだ》いていたどなたか、ですが――」

リンゴがねむたげな目でおれを見つめてくる。

「それって野宮《のみや》くん自身ではありませんか？」

「は？　意味わかんねえよ」

おれは本棚《ほんだな》を見やる。心臓《しんぞう》が、どくどくうるさい。

「そうですか？　シンプルな解《かい》だと思いますけど。木内《きうち》くんをいじめていた野宮《のみや》くんはある日、矛先《ほこさき》が自分に向くよう、クラスを誘導《ゆうどう》したのです。自分の机《つくえ》をよごし、うわばきをゴミ箱に捨《す》て、教科書をやぶいた。そのすべてを木内《きうち》くんの手《て》柄《がら》としたのではありませんか？」

「なんで、おれがそんなこと？　メリットねえじゃん」

「木内《きうち》くんへのいじめをやめさせるためです」

口がかわいて、カップを手にしたけど、いつのまにか空《から》になっていた。

「そのころ木内《きうち》くんをいじめていたのは野宮《のみや》くんひとりではありませんでした。野宮《のみや》くんだけが手を引いても解決《かいけつ》しませんし、呼《よ》びかけて止められるかも不透明《ふとうめい》でした。そこで野宮《のみや》くんは木内《きうち》くんに代わる教室のイケニエとして自らをさささげることにした。ちがいますか？　かしこいやり方とは思えませんが、それなりに効果的《こうかてき》だとは思います」

「それ聞くと悪人が改心して、いいことしたみたいだな」

「百パーセントの善人《ぜんにん》も百パーセントの悪人もいませんよ。だれでも五十三パーセントくらいの善《ぜん》と四十七パーセントほどの悪を抱《かか》えているものでしょう」

「悪の割合《わりあい》高いな」

「木内《きうち》くんにも話を聞いたんです」

瞬間《しゅんかん》、おれは身を乗りだしていた。

「あいつ、なにかいったのか？」

リンゴはおれの視線《しせん》をうけとめながら「いいえ」とひらべったい声で答える。

「なにも教えてくれませんでした。でも、それこそがぼくの推測を肯定しているように思えました。野宮《のみや》くんは自分をいじめるよう、彼《かれ》に指示《しじ》したのではありませんか？　それを口止めもした。木内《きうち》くんは野宮《のみや》くんを恐《おそ》れていたでしょうから、意図がわからずともしたがわざるを得《え》ません。ふたりはいじめの契約《けいやく》を結んだのです」

リンゴはそのやりとりを思いうかべるみたいに一度目を閉《と》じ、開く。

「木内《きうち》くんは実際《じっさい》のところ、なにもしていません。当時のことは野宮《のみや》くんの自作自演《じえん》でしょう。そしてあの野宮《のみや》くんに反撃《はんげき》できる木内《きうち》くんは、一目置かれることとなります。やがて野宮《のみや》くんをいじめてもいい雰囲気《ふんいき》ができあがりました。そうなれば野宮《のみや》くんも、もうなにもしなくていい。みんなが勝手にやってくれます。人気者が転落していくのはなによりの娯楽《ごらく》ですから。ただ木内《きうち》くんは、本当はやさしい方なのでしょうね。グループ内でも消極的で、被害《ひがい》にあう野宮《のみや》くんを苦しげに見ていましたよ」

そんなわけない。あいつは、ざまあ、って思ってる。思ってないといけない。

「わからないのは、野宮《のみや》くんが心変わりしたきっかけですね。なにがあったのでしょう？」

「なんもねえし。おまえの話なんてただの妄想《もうそう》じゃん」

「妄想《もうそう》ですか」

「妄想《もうそう》だろ。……いじめの契約《けいやく》とか。アホらし」

「なかなかいい線をついていると思ったのですが、それは失礼しました。時間をとらせてすみません。急用ができたので会談はここまでとしましょう」

リンゴが席を立つ。

「急用？」

「うちのクラスのいじめ事案について先生に報告《ほうこく》しなくては。首謀者《しゅぼうしゃ》は木内《きうち》くんですね。虫も殺《ころ》さぬような顔をして非道《ひどう》なやつです」

「やめろ！」

おれはとっさにリンゴの細い手首をつかんだ。

「頼《たの》む。やめてくれ。……あいつは、悪くないんだ」

リンゴを見つめる。リンゴもおれを見つめている。どこかから笑い声が聞こえてくる。おれはくちびるをなめ、リンゴの手首を解放《かいほう》した。リンゴはもとのように座《すわ》り直す。

「ぜったい、だれにもいわないって約束するか？」

「できかねます」

「おまえな、ここはウソでも約束しとけよ」

おれは髪《かみ》をぐしゃぐしゃかきまわした。息をすい、はいて、覚悟《かくご》を決める。

「おまえの想像《そうぞう》どおりだよ。小六のときワタルに、やり返したことにしろって命令したんだ。そういうゲームだからちゃんとやれって」

「野宮《のみや》くんは、なぜ突然《とつぜん》、態度《たいど》を変えたのですか？」

おれは首のうしろをなでる。

「……あいつの母親、入退院《にゅうたいいん》くりかえしてるの知ってるだろ？」

「はい」

「用事あって病院いったとき、見たんだ。あいつと母親が中庭にいるところ」

ふたりは日かげのベンチに座《すわ》っていた。母親が入院着だったのを覚えている。

「近くにいたのに、あいつ気づかねーの。夢中《むちゅう》で話してて。なんの話、してたと思う？　学校のことだよ。友だちとなにして遊んだとかさ。その友だちって……、おれなの」

リンゴは口を開き、でもなにもいわずに閉《と》じた。

「いっしょにバスケしたとか、食べきれなかった給食をおれが食べてやったとか、そういう、ありもしないこと。おれのこと親友だってしゃべってんの。おれはすごいやつで、あこがれで、自慢《じまん》なんだって。聞いてる母親も笑顔でさ、今度、紹《しょう》介《かい》してねとかいってんだよ」

あの日はとてもいい天気で、雨が降《ふ》っていないことがくやまれた。

「急にうごけなくなっちゃって、おれ。はじめてちゃんとワタルの気持ちを考えた。どんな思いで、そんなウソついてんのかって。母親がウソに気づいたらどうしようと思った。そしたらもう、死にたいくらい恥《は》ずかしくなって。おれ、やべえやつじゃん。ワタルに謝《あやま》りたかった。けど謝《あやま》ってゆるされるくらいじゃダメだろって気もして。あいつのウソを、少しでも本当にしてやらないといけないって思った。それで……、うん、あとは、だいたいおまえのいったとおり」

おれはカップに手をのばし、でも空《から》だったのを思いだして、引っこめる。

「なるほど、そんなことが」

リンゴのほうは優雅《ゆうが》にカップを口に運ぶ。

「単刀直入にいわせてもらいますけど」

「ああ」

「野宮《のみや》くんってバカですね？」

「うるせーわ」

ポケットに両手をつっこみ、おれは足をのばす。

「わかったらよけいなことすんな。おれは今のままでいい」

「野宮《のみや》くんの意図は理解《りかい》しました。ぼくはよけいなことはしません。ただ木内《きうち》くんがどうかはわかりかねますが。ねえ、木内《きうち》くん？」

リンゴが大きな段《だん》ボール箱を見やる。と、そのふたが開いていって。

「ワ、ワワ、ワタル？」イスから落ちそうになったね。「いたのかよ⁉」

気まずそうに箱からでてきたワタルは、ひどい猫背《ねこぜ》でうなずいた。

リンゴのやつ、しくんでやがったのか！　てか、ぜんぶ聞かれた。今まで秘密《ひみつ》にしてたのに。だって、話したら、おれが心を入れ替《か》えていいやつになったみたいじゃん。そんなのダメだ。おれは悪者のままがいい。

口を開けばいいわけしそうだった。いいわけ？　なにに対する？　わからん。ひとまず、ここは退却《たいきゃく》だ。これは敵前逃亡《てきぜんとうぼう》ではない。戦略的撤退《せんりゃくてきてったい》である。

あわてて立ちあがり一歩目をふみだす――と。

「ナツくん！」

名前を呼《よ》ばれ、足が止まった。

「あの、おれ。あの……」

ワタルの声を背中《せなか》で聞く。おれはワタルを見られない。いやほんと、あわせる顔がないんだ。手汗《てあせ》の量が異常《いじょう》。つばを飲みこむ。その音が聞こえたんじゃないかと、ひやひやする。ワタルは今、どんな顔をしてるんだろう?

「おれ、ずっと、ナツくん……怖《こわ》かったよ」

だよな。

「怖《こわ》くて、でも、あこがれ、て、たのは、ほんと」

なんだよ、それ。

「おれ、ナツくんが、今みたいな感じでいるの、よくないと、思う」

そんなこというな。だいなしにするな。

「さっき、ナツくん、おれのウソ、少しでも本当にしないとっていったよね?」

おれは答えない。うわばきだけ見てる。

「だったら、さ……だったら」

まがあく。一秒。二秒。三秒。四秒。……長いな。

「おれの、ウソ、本当にしてよ。協力、してよ。おれの」

ワタルは咳《せき》ばらいをして、ふるえる声でつづける。

「おれの、親友になってよ」

なにいってる。バカかよ。おれのこと怖《こわ》いくせに。

おれは悪役なんだ。悪役には罰《ばつ》をあたえるべきだ。だから、そんな、おれをゆるすみたいなこというな。契約《けいやく》どおり、おれをうらめよ。二度と調子に乗らないよう、ぼこぼこにしてくれ。

思うのに、いえない。

おれは想像《そうぞう》する。ずうずうしくも想像《そうぞう》する。たとえばだけど。ワタルとバスケしたり。給食の時間にアホな冗談《じょうだん》で笑いあったり。母親に「ワタルの友だちの野《の》宮《みや》です」って名のるところとか。

「ナツくん」

ワタルがおれを呼《よ》ぶ。

「ねえ、ナツくん」

おれは返事ができなくて。ふり返れなくて。ワタルの顔を見られなくて。

リンゴは「あ、木内《きうち》くんもミントティー飲みます？」と空気を読まない。

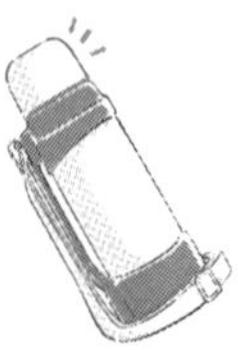

「そっかぁ……」
わたしはノートをぱたんと閉《と》じた。

人との関係性って、外から見ただけじゃあわからないんだな。
楽しそうに見えるまわりの子たちと自分を比べて、
勝手に落ちこんでたのが、ばかばかしくなってきた。

気がつくと、さっきの黒猫《くろねこ》はいなくなっていた。
「どこかいっちゃったのかな。……さ、わたしも教室にもどろう」
ノートを机《つくえ》の上に置き、図書室をでようとしたら、
みゃあ
どこからか猫《ねこ》の声がした。

望《もち》月《づき》麻《ま》衣《い》

北海道出身、京都府在住。作品に「京都寺町三条のホームズ」シリーズ（双葉文庫）、「満月珈琲店の星詠み」シリーズ（文春文庫）、「わが家は祇園の拝み屋さん」シリーズ（角川文庫）、『空色DAYS』（ポプラキミノベル）、『京都東山邸の小鳥遊先生』（ポプラ社）など多数。

如《きさ》月《らぎ》かずさ

群馬県出身。『サナギの見る夢』で第49回講談社児童文学新人賞佳作を受賞しデビュー。作品に『カエルの歌姫』（第45回日本児童文学者協会新人賞受賞）、『スペシャルQトなぼくら』（以上講談社）、「給食アンサンブル」シリーズ（光村図書出版）など多数。

神《こう》戸《べ》遥《はる》真《ま》

千葉県出身、東京都在住。『恋とポテトと夏休み』などの「恋ポテ」シリーズで第45回日本児童文芸家協会賞、『笹森くんのスカート』で第65回児童福祉文化賞を受賞（共に講談社）。「ぼくのまつり縫い」シリーズ、『カーテンコールはきみと』（共に偕成社）など多数。

もえぎ桃《もも》

青森県出身、宮城県在住。第3回青い鳥文庫小説賞金賞受賞し作家デビュー。主な作品に「トモダチデスゲーム」シリーズ（既刊7巻）、「ふたごに溺愛されてます!!」シリーズ（以上講談社青い鳥文庫）などがある。

宮《みや》下《した》恵《え》茉《ま》

大阪府出身、京都府在住。第15回小川未明文学賞大賞受賞作『ジジ　きみと歩いた』でデビュー。同作で児童文芸新人賞を受賞。作品に「魔女フレンズ」シリーズ（以上 Gakken）、『９時半までのシンデレラ』（講談社）、『スマイル・ムーンの夜に』（ポプラ社）など多数。

地《ち》図《ず》十《と》行《こう》路《ろ》

作品に「世にも奇妙な商品カタログ」シリーズ、「もしもの世界ルーレット」シリーズ（以上角川つばさ文庫）、『めくるな!!』（ポプラ社）、『怪ぬしさま』（朝日新聞出版）、『お近くの奇譚』（メディアワークス文庫）など。知らない道や景色が好き。

松《まつ》素《もと》めぐり

東京都出身。『保健室経由、かねやま本館。』で第60回講談社児童文学新人賞を受賞し、デビュー。同シリーズ１～３巻で第50回児童文芸新人賞を受賞（現在７巻まで刊行）。他作品に『パパが宇宙へ行くなんて！』（以上すべて講談社）などがある。執筆の他イラスト制作も行っている。

にかいどう青《あお》

神奈川県出身。作品に「ふしぎ古書店」シリーズ、「ＳＮＳ100物語」シリーズ（以上講談社青い鳥文庫）、「撮影中につきおしずかに！」シリーズ（ポプラキミノベル）、『黒ゐ生徒会執行部』（PHP研究所）、『雪代教授の怪異学』（ポプラ文庫ピュアフル）など多数。

2024年6月　第1刷

ひみつの相関図ノート

作　望月麻衣　如月かずさ　神戸遥真　もえぎ桃
　　宮下恵茉　地図十行路　松素めぐり　にかいどう青
編　日本児童文芸家協会
イラスト　hagi
装丁　桑平里美

発行者　加藤裕樹
編集　荒川寛子
発行所　株式会社ポプラ社
〒141-8210
東京都品川区西五反田3-5-8 JR目黒MARCビル12階
ホームページ　www.poplar.co.jp
印刷・製本　中央精版印刷株式会社
ISBN978-4-591-18193-5
N.D.C.913 / 207p / 19cm
Printed in Japan

落丁・乱丁本はお取り替えいたします。
ホームページ（www.poplar.co.jp）のお問い合わせ一覧よりご連絡ください。

読者の皆様からのお便りをお待ちしております。
いただいたお便りは著者にお渡しいたします。

P4900381